りりかさんのぬいぐるみ診療所　外観

リリかさんの
ぬいぐるみ診療所

思い出の花ちゃん

かんのゆうこ 作

北見葉胡 絵

講談社

りりかさんのぬいぐるみ診療所《しんりょうじょ》　思い出の花《はな》ちゃん

りりか
ぬいぐるみ診療所

りりかさんの本当の名前は、百合花《ゆりか》といいます。百合《ゆり》の花は、英語《えいご》で「Lily《リリー》」といいますが、それにちなんでお母さんが「りりかちゃん」とあだ名でよぶようになり、それ以来《いらい》ずっと、周《まわ》りの人たちからも親しみをこめて「りりかさん」とよばれ続《つづ》けているのです。

りりかさんはぬいぐるみが大好《だいす》きで、小さいころからずっと、ふたごの白くまのぬいぐるみとくらしてきました。かれらの名前は、『てんくま』と『ちびくま』。いつもは洋服を着ているので見えませんが、ふたりのせなかには、真珠色《しんじゅいろ》にかがやく羽がついているのです。りりかさんは小さいころ、ふたりの羽を、お母さんや友達《ともだち》に見せながら、よく教えてあげたものでした。

「この子たちはね、本当は白くまの妖精《ようせい》さんなの。今はまだ、小さくてとべないけれど、大きくなったら空をとぶことが、ふたりの夢《ゆめ》なのよ。」と。

りりかさんは、てんくまとちびくまが大好きで、どこへ行くにも連《つ》れて歩き、ねむるときだってもちろん一緒《いっしょ》でした。けれども、ぬいぐるみのからだというのは、思っていたほど丈夫《じょうぶ》なものではありませんでした。かわいがればかわいがるほど、やぶけたり、ほつれたり、よごれたりしてしまうことに、小さいりりかさんは気づいてしまったのです。

そこで、りりかさんは大人になると、洋裁学校《ようさいがっこう》に入学して、じゅうぶんな知識《ちしき》と技術《ぎじゅつ》を身につけました。そうして、ぬいぐるみを愛《あい》する人たちが、いつまでも幸せにくらしていけるように、こわれたぬいぐるみを治療《ちりょう》するための「りりかぬいぐるみ診療所《しんりょうじょ》」を開院したのです。

場所は、美しい高原の森の中。いちばん近い町から、一時間ほどバスにゆられたあと、さらにバス停《てい》から三十分ほど歩いたところに、りりかぬいぐるみ診療所はありました。古い別荘《べっそう》を改築《かいちく》して作られたその診療所の周りには、しらかばや、ぶなや、くりの木がはえ、天気のいい日には、鳥や、リスや、野うさぎなどが、ひょっこり顔を出すこともありました。

そんな森の中にあるにもかかわらず、どこでうわさをきいたのか、ぬいぐるみ診療所にやってくる患者《かんじゃ》さんは、あとをたちませんでした。りりかぬいぐるみ診療所にぬいぐるみをあずけると、どんなにぼろぼろになったぬいぐるみでも、まるで生まれかわったように、いきいきとしたすがたでもどってくると、もっぱらの評判《ひょうばん》だったからです。

りりかさんは、ぬいぐるみを直すうでがいいということのほかは、とくにかわったところもない、ごくふつうの女性《じょせい》でした。けれどもたった一つだけ、りりかさんには、だれも知らないひみつがありました。いったいどんなひみつなのかは……物語を読み進めていくうちに、すぐにわかることでしょう。

さあ、今日もりりかぬいぐるみ診療所に、患者さんがやってきたようです。

恐竜<ruby>きょうりゅう</ruby>のトプ

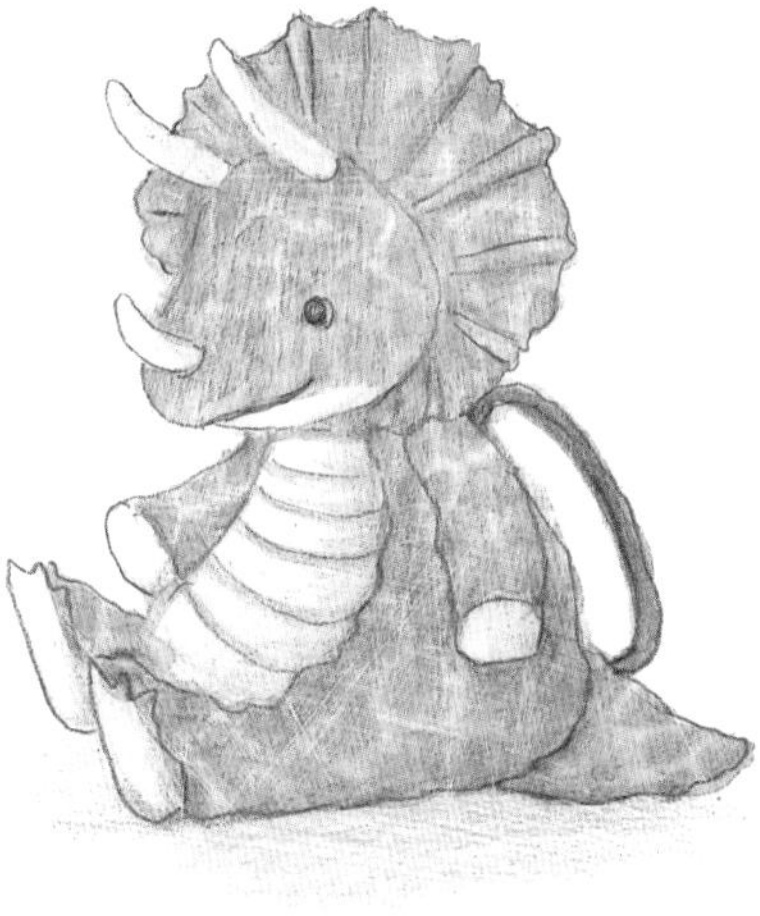

1　ほつれたリュック

「さて、そろそろお昼休みにしようかな。」

　りりかさんは、午前の治療にひと区切《くぎ》りをつけると、いすから立ち上がって工房《こうぼう》の窓《まど》をいっぱいに開《あ》け放《はな》ちました。

　三月下旬《げじゅん》とはいえ、高原の空気はまだずいぶんとひんやりしていました。日かげの多い地面《じめん》の上には、まだ所《ところ》どころに、雪がとけのこっています。けれども、よく見ると、枝《えだ》には新芽《しんめ》がぽつぽつとつき始《はじ》め、フクジュソウや、カタクリの花たちが日差《ひざ》しの中でかがやき、春のおとずれを知らせていました。

　午前中は、こぶたのぬいぐるみを連れてやってきた持《も》ち主《ぬし》の相談《そうだん》にのり、その診察《しんさつ》が終《お》わったあとは、ハムスター兄弟のぬいぐるみの治療をしました。

ずいぶん長いあいだかわいがられてきたようで、あちこち穴《あな》があいていたり、すりきれたりしていましたが、りりかさんのていねいで心のこもった治療のおかげで、すっかり元気なすがたを取《と》りもどしました。

りりかさんが昼食を終えて、そろそろ午後の治療を始めようとしていたときです。

玄関《げんかん》のドアベルがいきおいよくなりひびき、バタバタと走ってくる足音が聞こえてきました。

「りりか先生、こんにちは！」

きりっとしたまゆ毛の小学生の男の子が、「くつろぎの部屋《へや》」へとびこんできて、りりかさんに向《む》かって元気よくあいさつしました。

「あら。大地《だいち》くん、いらっしゃい。学校はもう終わったの？」

その子は、りりかさんの家から少し歩いたところに住《す》んでいる男の子で、名前を栗原《くりはら》大地といいます。

「先週から春休みに入ったの。お母さんにも、りりか先生のところに行ってくるって、ちゃんと言ってきたよ。」

大地は小学一年生のとき、お母さんに連れられて、はじめてりりかぬいぐるみ診療所《しんりょうじょ》を訪《おとず》れました。大事《だいじ》にしていたワニのぬいぐるみを治療してもらって以来、すっかり、りりかさんとなかよくなった大地は、ときどきこんなふうに、ひょっこり遊《あそ》びにやってくるのです。

「あのね、ぼく、りりか先生にお願《ねが》いがあるんだ。」

大地は、せおっていたリュックをおろしながら言いました。

「トプがどうかした？」

トプというのは、トリケラトプスのぬいぐるみリュックのことです。科学博物館《かがくはくぶつかん》に連れていってもらったとき、出口にあった売店で買ってもらって以来、トプは大地の大切な友達なのです。

「あのね、ぼく、トプと一緒に学校に行ってるんだけど、荷物《にもつ》を入れすぎてリュックの内側《うちがわ》がやぶれてきちゃったの。」

「えっ。トプと一緒に学校に行ってるの？」

りりかさんが、おどろいた様子《ようす》で、テーブルの上にいるトプを見つめました。

頭部《とうぶ》に大きなひだと、三本のつのを持ったトプは、うろこの型押《かたお》し加工《かこう》がされたクッション性のある生地《きじ》で作られています。おなかの部分は切《き》り返《かえ》しになっていて、クリーム色のもこもこしたボア生地が使《つか》われていました。頭部と手足、それに長いしっぽには、わたがつめられていて、ぬいぐるみのように見えますが、せなかについているファスナーを開ければ、中にちゃんと物《もの》が入るのです。

トプは、たしかにリュックにはちがいありません。けれども通学用として使うには、見た目がずいぶんと目立つので、りりかさんは思わずおどろいた声をあげてしまったのです。

りりかさんは、言葉《ことば》をえらびながらたずねました。

「ええと……、トプを、学校に持っていっても、だいじょうぶなの？」

大地が、きょとんとした表情《ひょうじょう》で首をかしげます。

「もちろんだよ。どうして？」

「トプは、とてもかわいいけれど、けっこう目立つから、先生やお友達に何か言われたりしない？」

すると、大地はさわやかな顔で答えました。

「お父さんとお母さんには、『ランドセルで行きなさい。』って何度《なんど》も言われたし、先生からも、『ランドセルでなくてもいいけど、ふつうのかばんとかリュックのほうがいいんじゃないかな。』って言われた。友達からも、最初《さいしょ》はちょっと、からかわれた。」

「それで……、大地くんは、こまらなかった？」

心配《しんぱい》になってりりかさんがたずねると、大地は、にこっと笑《わら》いました。

「だってぼく、何もわるいことしてないよ。学校には、どんなかばんで通ってもいいことになってるし、トプはぬいぐるみだけどリュックでもあるから、教科書もちゃんと入れられる。まあ、ちょっと小さいけどね。」

大地は、トプの長いしっぽを持って、楽しそうに左右にふりました。

「ぼくね、トプに学校を見せてあげたかったんだ。最初のうちは、トプを見ておどろく子もいたし、からかう子もいたけど、今はもう、みんなになれてきたみたい。最近では、トプはぼくの目印《めじるし》になってるみたいで、『遠くからでも、すぐに大地を見つけられるからべんりだね。』なんて言う友達もいるよ。」

大地はそう言いながら、うれしそうにトプの頭をなでました。

――トプに学校を見せてあげたかったんだ。

先生や友達とぶつかることなく、自分の思いを大事にできる大地のおおらかさに、りりかさんは胸《むね》がじんとしました。

「それならよかったわ。学校は楽しい？」

「うん。楽しい。」

「もうすぐ二年生ね。」

「うん。クラスがえもあるから、ちょっとわくわくするよ。」

大地は、物おじしない性格《せいかく》で、新しいことが大好《だいす》きなのです。

「だけどね、二年生になったら、もっと学校に持っていくものがふえるみたい。」

大地が、ちょっと顔をしかめます。

「リュックが重《おも》くなるとたいへんね。」

大地はうなずいて、トプのせなかのファスナーを開けました。

「学校に持っていく荷物って、すごくたくさんあるんだ。教科書とノートでしょ、ふでばこに、色えんぴつでしょ。それから、鍵盤《けんばん》ハーモニカとか、絵《え》の具《ぐ》とか、体操着《たいそうぎ》とか……。毎日トプの中に、いろんなものをつめこんでたからなのかなあ、内側のぬい目がほどけてきちゃったの。」

大地は、トプのせなかを大きく開《ひら》いて、りりかさんに見せました。

中をのぞいてみると、大地の言った通り、外布《そとぬの》と内布をぬい合わせている糸が、大きくほつれています。

「荷物が落《お》ちたりはしないから、そのまま使い続けていたら、糸がどんどんほどけてきて、大きな内ポケットみたいになっちゃった。内ポケットができたならちょうどいいやと思って、そのまま使ってたんだけど、ちょっといろいろあって……。

それでね、たいへんなことが起《お》きるまえに、りりか先生に直してもらおうと思ったんだ。」

大地はまじめな顔になって、トプをりりかさんに手わたしました。

糸が広範囲《こうはんい》にほつれてはいるものの、布そのものがやぶけているわけではないので、ミシンでしっかりぬい合わせるだけで修理《しゅうり》は終わりそうです。

「これだったら、すぐに直せるわ。明日《あした》までに治療しておくから、午後にでも取りにいらっしゃい。」

「明日できあがるの!?　わあ、よかった！」

大地が、両手《りょうて》をあげてよろこびました。

「だけど、たいへんなことって、いったい何？」

りりかさんがたずねると、大地は「うーん……。」と考えこむようにうつむいたまま、

「それは……内緒。」

と言っていすから立ち上がると、「じゃあね。」と手をふりながら、勢《いきお》いよくかけだしていきました。

2 消《き》えた道具《どうぐ》

りりかさんは、工房の作業《さぎょう》テーブルの上にトプを連れてくると、やさしくほほえみかけました。

「トプくん、これからあなたを治療していきますね。おなかの内側の糸がほつれちゃってるの。でも、すぐに直るから安心《あんしん》してね。」

まずは、トプを裏返《うらがえ》しにして、糸のほつれ具合《ぐあい》を確認《かくにん》します。よく見ると、リュックの上のほうの糸が大きくほつれているだけではなく、とちゅうから糸が切れている個所《かしょ》もありました。そこで、一度糸を全部《ぜんぶ》ほどき、そのあとにミシンを使ってしっかりぬい直すことにしました。

りりかさんは、裁縫箱《さいほうばこ》からリッパーを取り出して、さっそく糸をほどき始めます。

リッパーというのは、ぬい目をほどくための小さな道具で、棒状《ぼうじょう》の持ち手の先に、U字《ユー》形の刃《は》がついています。そこに糸をひっかけて引っぱると、布をまきこまずに糸だけが切れる仕組《しく》みになっているのです。

りりかさんのリッパーは、ずいぶん前にお母さんからゆずり受《う》けたもので、持ち手部分が天然《てんねん》の木でできています。長年使っているうちに、柄《え》の部分にしぜんと飴色《あめいろ》のつやが出てきて、それがとてもいい味《あじ》になっていました。

りりかさんは、なれた手つきでリッパーの先を布と糸のあいだに差し入れ、プツッと糸を切っては布からはずしていきます。

（そういえば……。）

糸をほどきながら、りりかさんはふと、白いミシン糸の在庫《ざいこ》が少なくなっていたことを思い出しました。

（来週にでも買いに行こう。）

そんなことを考えながら、糸がしまってあるミシン台の引き出しに目をやったとき、手元がすべって、リッパーを内布と外布のあいだに落としてしまいました。

すぐに手を入れて取り出そうとしましたが、なかなかリッパーが見つかりません。

「おかしいな。」

何度、内布と外布のあいだをさぐってもリッパーは見つからず、リュック全体《ぜんたい》を手のひらでおしてみても、物が入っている気配《けはい》がないのです。

(落とした音はしなかったけど……。)

そう思いながらも、念《ねん》のため床《ゆか》の上もさがしてみましたが、どこにもリッパーは見つかりませんでした。

(いったい、どこへいっちゃったのかしら……。)

きつねにつままれたような気持ちで、りりかさんはトプを見つめました。長いあいだ愛用してきたリッパーは、手にしっくりとなじんで持ちやすい、お気に入りのものだったのに、目の前でけむりのように消えてしまったのです。

りりかさんはすっかり気落ちしてしまいましたが、糸がほどけたままのトプを見て、はっとわれに返りました。

(とにかく、まずはトプを直してあげなくちゃ。)

りりかさんは気を取り直し、予備《よび》の道具がしまってある引き出しの中から、柄が赤いプラスチックでできたリッパーを取り出してきて、トプの糸をほどく作業を終わらせました。

続いて足踏《あしぶ》みミシンのいすにすわり、ミシンの上糸と下糸の準備《じゅんび》をととのえて、トプのからだをぬい合わせていきます。踏み台の上にのせた両足を半歩ほどずらし、交互《こうご》に足をふみこむと、はずみ車がゆっくりと回り始めました。

カタカタカタカタ……心地《ここち》よい音がひびいてきて、ミシン針《ばり》が規則正《きそくただ》しく上下に動《うご》き、トプの生地の上に美《うつく》しいぬい目をえがいていきます。指先《ゆびさき》で上手に生地をあやつり、かろやかな音をひびかせながらミシンをかけるりりかさんのすがたは、まるで美しい楽器《がっき》をかなでているかのようでした。

外布と内布をぬい終え、生地についた糸くずをはらい、形をきれいにととのえると、りりかさんはトプの頭をやさしくなでました。

「トプ、よくがんばったね。これで治療は終わりよ。だけど、あなたが食べちゃったわたしの大切なリッパーは、いったいどこに消えちゃったのかしら。」

りりかさんはこまったような笑《え》みをうかべると、本棚《ほんだな》から、一冊《さつ》のどっしりとした事《じ》典《てん》を取り出してきました。

色あせたグリーンの布張《ぬのば》りがほどこされた事典の表紙には、のびやかな野生のハーブの絵が、金の箔押《はくお》しでえがかれています。ずいぶん古い時代《じだい》に作られたものらしく、虫食い穴があいていたり、しみがあったりしましたが、そのたたずまいが、よりいっそう本の歴史《れきし》を感《かん》じさせ、重厚感《じゅうこうかん》をかもし出していました。

傷《いた》んでいるとじ糸がはずれないように注意《ちゅうい》しながら、りりかさんはゆっくりとページをめくっていきます。本を読みながらも、りりかさんの頭の中では、大地が別《わか》れぎわに言った言葉がこだまのようにひびいていました。

――それは……内緒。

あのときの言葉が、どうしても心に引っかかるのです。

（リッパーが消えた謎《なぞ》と、何か関係《かんけい》があるかもしれない。）

そんなことを考えながら、本のページを行ったり来たりしていたりりかさんでしたが、あるページにたどりついたところでふっと手をとめ、熱心《ねっしん》に読み始めました。

「……よかった。今の季節《きせつ》なら、ちょうど咲《さ》いてるわ。」

りりかさんは本をとじて立ち上がり、引き出しの中から、白いはぎれを二枚《まい》とり出してきました。たちばさみで、はぎれの大きさを切りそろえ、ミシンでぬい合わせて小さなふくろを作ると、雪割草《ゆきわりそう》の花をさがしもとめて、森の中へ出かけていきました。

雪割草は、まだ雪の残《のこ》る早春のころから咲き始める小さな花で、ピンクや白、むらさきや青など、さまざまな色の花をつけます。

森の中を進《すす》んでいき、やがて一本の大きな木の根元《ねもと》に、まっ白い雪割草の花が、かたまりになって咲いているのを見つけたりりかさんは、その前で立ち止まりました。

(大地と花の精霊《せいれい》たち、お花を少しいただきます。)

りりかさんは、雪割草の花をやさしくつみ取っては、持ってきたふくろの中へ入れていきます。そうして、五輪《りん》の花をつみ取ると、心の中で(ありがとう。)と伝《つた》えて、ふたたび家に向かいました。

家へもどってきたりりかさんは、工房の戸棚や引き出しを、あちこち開けたり閉《し》めたりしながら、いくつかのものを取り出してきて、何やら準備を始めました。

ホワイトセージのドライハーブ、貝皿《かいざら》、マッチ箱、赤い糸。それに、作業テーブルの上に残っていた、トプからはずした糸くずを少し。

りりかさんはまず、雪割草が入った白いふくろの中に、トプからはずした糸を入れ、次《つぎ》に、赤い糸に五つの結《むす》び目《め》を作り、その糸でテーブルの上に大きな丸い円をえがきました。円の中に、貝皿とトプを置《お》いて、マッチでホワイトセージに火をつけると、白いけむりがすーっと立ちのぼり、すがすがしいハーブの香《かお》りが工房の中に広がっていきました。

りりかさんは、ホワイトセージを貝皿に置き、雪割草が入っている白いふくろを手に取って、静《しず》かな声で言いました。

雪割草　雪割草
どうか　あなたの力をかしてください……

立ちのぼるけむりに、白いふくろをかざしながら、りりかさんは、どこの国の言葉ともわからない、ふしぎな呪文《じゅもん》を唱《とな》え始《はじ》めます。

「ロケス・ピラトス・ゾトアス・トリタス・クリサタニトス……。」

くりかえし呪文を唱え続けていると、けむりはどんどんと濃《こ》くなっていき、やがて、白いふくろをすっぽりとおおいかくしました。

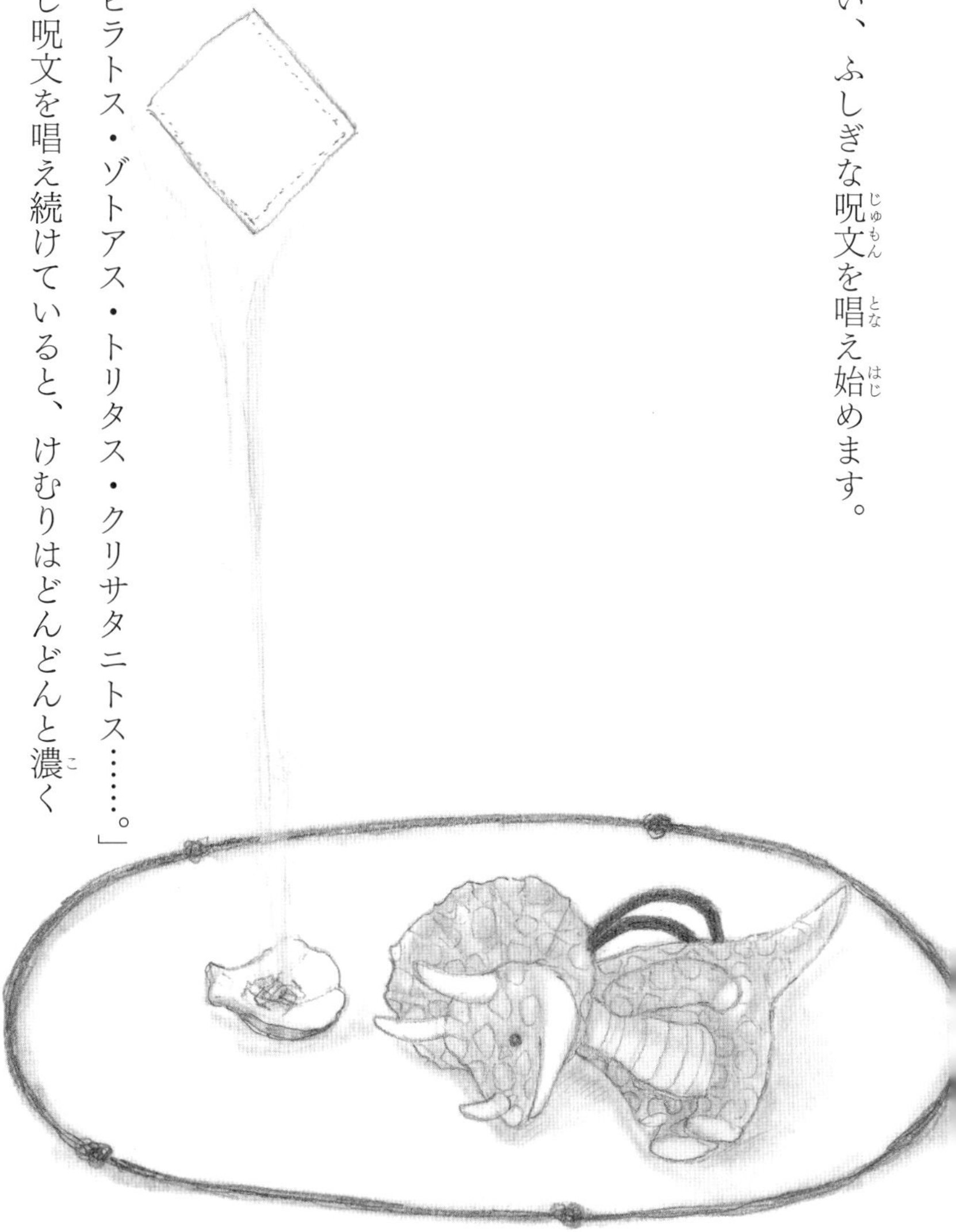

すると、どうでしょう……。

白いふくろが、まるでどこかへ消えてしまったみたいに、見えなくなってしまったのです。

りりかさんはじっとしたまま、少しのあいだ白いふくろをけむりにかざしていましたが、かすかに手が動いた拍子《ひょうし》に、けむりの中からすけるように、白いふくろがあらわれました。けむりは、ゆっくりとうすらいでいき、やがてホワイトセージがもえつきると、けむりもすぅーっと消えていきました。

ホワイトセージの火が、すっかり消えたのを見届《みとど》けたりりかさんは、テーブルの上の赤い糸を使って、白いふくろの口をくるくるとまいて結びとめました。そうして、トプのリュックのファスナーを開け、その中に白いふくろを入れました。

「明日の朝まで、あずかっててね。」

りりかさんは、ファスナーを閉めて、工房の一角にある「いこいの部屋」にトプを連れていき、ソファーの上にやさしくねかせました。

3　トプのひみつ

次の日の朝。

二階《かい》の部屋からおりてきたりりかさんは、まっすぐにいこいの部屋に向かいました。

「トプ、ありがとう。」

りりかさんは、トプのせなかのファスナーを開けて、おなかに入れておいた白いふくろを取り出しました。そうして、その白いふくろを南向きの窓辺《まどべ》に置くと、満足《まんぞく》したようにほほえんで、さっそく今日の仕事《しごと》にとりかかりました。

午前中に入院患者《にゅういんかんじゃ》のコツメカワウソをおふろに入れ、庭《にわ》にあるハンモックの上でかわかしているあいだに、アフリカゾウのやぶれてしまった長い鼻《はな》の治療をしました。

午前の治療を終えて、昼食を食べ、紅茶《こうちゃ》を飲みながら窓のそとをながめていると、大地がこちらへ向かってまっすぐ走ってくるのが見えました。

りりかさんは、いすから立ち上がり、いこいの部屋で待《ま》っていたトプを連れてきました。ちょうどそのとき、玄関のドアベルがなりひびいて、大地が元気よくかけこんできました。

「りりか先生、こんにちは。トプは直った？」

「ええ。きれいに直ったわ。はい、どうぞ。」

りりかさんが、大地にトプを差し出します。

「丈夫《じょうぶ》な糸でしっかりぬい合わせておいたから、もう簡単《かんたん》にはほつれないわよ。」

大地はトプを受け取ると、せなかのファスナーを開けて、中をのぞきこみました。

「よかった！　ちゃんと直ってる。りりか先生、ありがとう！」

大地は、ようやくほっとしたように、両手でトプをだきしめました。

「大地くん、ちょっとジュースでも飲んでいかない？」

「わあい、やった！」

「何がいい？」

「りんごジュース！」

「りんごジュースね。ちょっとそこにすわって待ってて。」

りりかさんは、キッチンに入っていき、りんごジュースをコップに入れて運《はこ》んでくると、大地の前に置いて自分もいすにすわりました。

「いただきまーす！」

大地はこくこくとのどをならしながら一気に半分ほど飲むと、満足そうな表情をうかべました。それからトプをじっと見つめ、きゅうにまじめな顔になって言いました。

「あのね、昨日《きのう》、『内緒』って言った話のことだけど……。やっぱり、りりか先生には話しておこうかなって思って。」

「まあ、そうなの？」

「うん。りりか先生ならきっと、まじめに聞いてくれると思ったから。だけど、ぼく、うまく話せるかなあ。」

大地はひとりごとのようにつぶやくと、こんな話をし始めたのです。

「小学校に持っていく荷物って、すごく重いって言ったでしょ。毎日、トプの中にいっぱい荷物を入れて、学校まで二十分くらい歩くんだ。

その日もぼくは、たくさんの荷物をトプのリュックの中につめこんで、学校に行く準備をした。これから、それをせおって二十分も歩くのかと思うと、ため息《いき》が出たよ。でも、トプと一緒に歩けるだけ、まだよかったなって思いながら、トプをせおった。そのとき、なんだかいつもより、ちょっとだけリュックがかるい気がしたの。だけど、もちろん気のせいだと思って、そのまま学校に向かったんだ。

学校に着《つ》くと、ぼくはリュックから荷物を取り出して、机《つくえ》の上に出していった。国語の教科書とノート、算数の教科書とノート、ふでばこ、色えんぴつ……。そのとき（あれ?）って思った。今朝、入れたはずの音楽の教科書とノートがないんだ。ぼくは、残りの荷物も全部出して、リュックの中をのぞいた。さかさにしてふってみた。でも、やっぱり音楽の教科書とノートが入ってなかったの。

（おかしいなあ。ちゃんと入れたはずなんだけど……。）って思ったけど、さがしてもないってことは、やっぱりぼくのかんちがいで、きっと家にわすれてきちゃったんだな。しょうがないから、机の上に広げた荷物を、机の中にしまい始めたの。

そのとき、何かがぼくの手にふれたんだ。

びっくりして、とっさに手を引っこめた。

ぼくの学校では、机の中に物を入れたまま帰っちゃいけないの。

だから、もちろん昨日も、机の中をからっぽにして帰ったんだよ。

それなのに、机の中に何かがあったらおどろくじゃない？

それでぼく、からだをぐっとまげて、机の中をのぞきこんだ。そしたら……。」

大地は、そこで息をのみ、声をひそめました。

「机の中に、音楽の教科書とノートが入ってたんだ。……りりか先生、どう思う？」

大地は上目づかいで、りりかさんの表情をうかがいます。

「とても興味《きょうみ》ぶかいわ。」

りりかさんは、ゆっくりと相《あい》づちを打ちました。

真剣《しんけん》に話を聞いてくれるりりかさんにほっとした大地は、さらに話を続けます。

「ぼく、なんだかわけがわかんなくなっちゃって。それで、家で教科書をリュックに入れていたときのことを、ゆっくり思い出していったの。

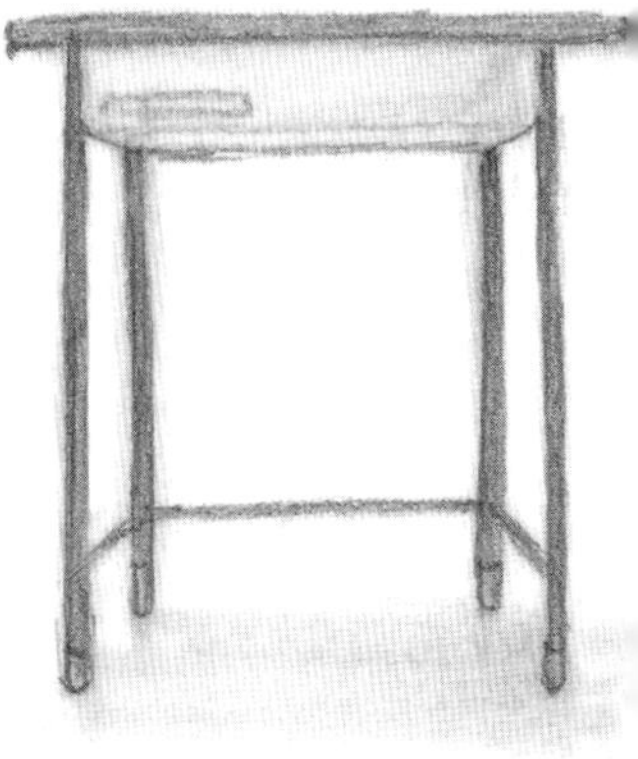

（あーあ。今日も荷物がたくさんあるなあ。）

なんて思いながら、教科書やふでばこを入れてたんだけど、最後に音楽の教科書とノートをそろえて入れたとき、ぐうぜん大きなポケットのほうに入っちゃったんだ。」

「大きなポケットっていうのは、リュックの糸がほつれて、外布と内布のあいだにできた空間のことね。」

「うん、そう。でもね、今までにも大きなポケットのほうに、何度も物を入れたことがあったけど、そのときには、なんにも起きなかったの。それなのに、どうしてその日だけ、音楽の教科書とノートにおかしなことが起きたのか、すごくふしぎだった。だけど、そのときに、あっ！　って気づいたことがあったの。音楽の教科書とノートを入れていたとき、ぼくは心の中で、

（トプの中と、学校の机の中が、つながっていればいいのに。）

って考えながら、学校の机の中を、はっきりと思いうかべたんだよね。

それで、もしかしたら、大きなポケットに物を入れるときに、はっきりと思いうかべた場所《ばしょ》に、物が移動《いどう》しちゃうのかもしれないって……。」

りりかさんが、おどろいたように目を見開きました。

「ぼく、すごくわくわくした。だって、もしもそれが本当だったら、これからは、毎日重たい荷物を運ばなくてすむじゃない？　だけど、授業《じゅぎょう》が始まって、時間がたって、給食《きゅうしょく》の時間になるころには、そのことは、なんだか夢《ゆめ》の中の出来事みたいに思えてきたの。それでね、下校するときに、もう一回ためしてみようと思ったんだ。

下校の時刻《じこく》になって、トプのリュックの中に荷物をしまっていくとき、まず、ふでばこから消《け》しゴムを取り出した。そして、部屋の勉強机《べんきょうづくえ》の引き出しの中を、はっきり思いうかべながら、大きなポケットの中に、そっと入れたんだ。なんで消しゴムにしたかっていうと、もしも教科書を入れて、ぜんぜん知らない場所に行っちゃったら、あとでたいへんでしょ。でも、消しゴム一個《こ》くらいだったら、たとえなくなっちゃったとしても、自分のおこづかいで買い直せるからいいかなって思って。

ぼくは学校から出ると、家に向かってかけだした。消しゴムがどうなったか、すごく気になったけど、とにかく家に帰るまでは見ないことにした。

家に着くと、ぼくはいそいで自分の部屋にかけあがった。リュックをおろして、トプのファスナーを開けて、どきどきしながら大きなポケットの中をのぞいたんだ。……ねぇ、りりか先生。消しゴムは、大きなポケットの中にあったと思う？　なかったと思う？」

「なかったと思うわ。」

それを聞いた大地が、深《ふか》くうなずきました。

「それでぼく、消しゴムを大きなポケットに入れるときに、はっきりと思いうかべた引き出しを開けてみた。勉強机のいちばん上にある引き出しだよ。その中に、消しゴムは入っていたと思う？　入っていなかったと思う？」

「入っていたと思うわ。」

りりかさんが迷《まよ》いなく答えると、大地の顔がうれしそうにかがやきました。

「そうなんだ！　ぼくの思った通りだったの。これからは、重い荷物を持って歩かなくてすむと思うと、とびあがりたいほどうれしかった。

……だけど、ぼく、もっとすごいこと、思いついちゃったんだよね。」

大地は身《み》をのりだしつつも、声をひそめて言いました。

「思いうかべた場所に物が動くなら、もしもぼくのからだが、大きなポケットの中に入れたとしたら、どこでも好きな場所に行けるんじゃないかって思ったの。」

「それは……、なかなかいいアイデアね。」

りりかさんは、同意するように相づちを打ちましたが、

「だけど、大地くんが入るには、トプはちょっと小さすぎるかな。」

と残念《ざんねん》そうに言うと、大地も、もちろん、というふうにうなずきました。

「そうなんだ。トプの中に入るには、ぼくはもう大きくなりすぎてた。でもさ、頭だけなら入れるかなって思って。」

「……ああ、なるほど。」

「それで、大きなポケットをもっと広げて、ぼうしみたいに、ぐいってかぶってみたら、頭の上半分くらいまで入ったんだよね。こう、目の下くらいまで。」

(だから、あんなに大きく糸がほつれてたのね。)

りりかさんは、心の中で納得《なっとく》しました。

「それで、大地くんは、どこへ行きたかったの?」

りりかさんがたずねると、大地は、じっとトプを見つめながら言いました。

「ぼくね、小さいころから、恐竜が大好きなんだ。」

そうだろうなと、りりかさんは思います。以前治療したぬいぐるみは、ワニでした。大地はきっと、爬虫類《はちゅうるい》が好きなのでしょう。

「家にある恐竜図鑑《きょうりゅうずかん》をながめながら、本物のトリケラトプスに会えたらいいのにって、いつも思ってたの。」

りりかさんの目元が、かすかにぴくっと動きました。

「トリケラトプスがたくさんいた年代って、白亜紀《はくあき》っていうんだよね。」

それを聞いたりりかさんも、こどものころ、学校で習《なら》ったときのことを思い出しました。恐竜がいた中生代《ちゅうせいだい》は、たしか、三畳紀《さんじょうき》、ジュラ紀《き》、白亜紀に分かれていて……。

「それでぼく、トプをかぶったままぎゅっと目をつむって、図鑑にのってた白亜紀の風《ふう》景《けい》を、いっしょうけんめい思いうかべたんだ。そうしたら……。」

大地は、そこでふっと話を止めました。
表情はどこか青ざめていて、
額《ひたい》にはうっすらと汗《あせ》がにじんでいます。

「……そうしたら？」

ぴんとはりつめた空気が流《なが》れる中、りりかさんがこわばった表情でたずねました。

「……りりか先生なら、もうわかるでしょ。」

大地はきゅうにのどがかわいたように、残っていたりんごジュースをごくごくと飲みほしました。

「とにかく、頭だけで本当によかったと思った。頭をひっこめれば、すぐににげることができたからね。それに、よく考えたら、もしも全身《ぜんしん》が入っちゃったら、もどってくる方法《ほうほう》がなかったんだよね。本当にあぶなかったよ。」

たしかに、全身がどこかほかの場所に移動してしまったら、トプのリュックだけがぽつんと部屋に残ることになります。大地が移動した場所にトプのリュックを持ってきてくれる人がいなければ、永遠《えいえん》に元の場所にはもどれなくなる……。そのことに気がついたりりかさんは、背筋《せすじ》がすっと寒《さむ》くなりました。

大地は、少ししょんぼりとした様子で言いました。

「糸がほつれて、ぐうぜんできちゃったトプの大きなポケットは、最初はすごく便利《べんり》だと思ったけど、使い方をまちがえちゃうと大変なことになるってわかったんだ。

　たとえば、ぼくのいないあいだに、うちのこむぎが、……あ、こむぎって、うちのねこのことね。茶トラなの。すごくかわいいんだ。

ええと、それで、こむぎは、せまいところが大好きで、どこにでも入りこんじゃうんだけど、もしもこむぎが、ぼくの見ていないすきに、トプの大きなポケットの中に入りこんじゃったら、たいへんなことになるかもしれないでしょ。ねこだって、きっといろんなことを考えているだろうし、いろんな場所に行きたいって思ってるかもしれないじゃない？　それでぼく、とても残念だと思ったけど、大きなポケットを閉《と》じてもらうことに決《き》めたんだ。」

「そうだったの。」

りりかさんは、ようやく全《すべ》てを理解《りかい》することができました。

「りりか先生だから内緒の話を教えちゃったけど、ほんとに信《しん》じてくれた？」

大地が、まっすぐな目で、りりかさんを見つめてきました。

「もちろん信じるわ。だって……。」

「だって、なあに？」

りりかさんは、それには答えず、ただ意味ありげな笑みをうかべただけでした。

大地は、ふしぎそうに首をかしげましたが、ちらりと時計を見たとたん、「あっ。」と声をあげて立ち上がりました。

「ぼく、友達と約束《やくそく》があるんだ。そろそろ帰らなきゃ。」

そうしてトプをせおいながら、ふと思い出したように言いました。

「せっかく直してもらったんだけど、新学期《しんがっき》からは、トプと一緒に学校に行くのをやめようって思ってるんだ。」

「あら、どうして？」

「ぼくも、もうすぐ二年生でしょ。二年生になると、今よりもっと荷物が多くなるんだ。そうなったら、トプの中に入りきらなくなるし、最近、ぼくも背がのびてきて、リュックのひもが、短《みじか》くなってきちゃったんだ。」

「それだったら、リュックのひもをとって、中にわたをたくさんつめて、ぬいぐるみにすることだってできるわよ。」

「え、ほんと⁉」

「ええ。もし、そうしたくなったら、いつでもまたいらっしゃい。」

思いがけないりりかさんからの提案《ていあん》に、大地はうれしそうに顔をほころばせ、はずむような足どりで家に帰っていきました。

工房にもどったりりかさんは、アンティークミシンの前に歩みよりました。

ミシン台の下には、左右に四角い引き出しが二段《だん》ずつついています。

前面に美しいレリーフがほどこされたその引き出しの一段目を開けると、色とりどりのミシン糸がならんでいました。その中に、つややかな飴色の柄のついたリッパーが、どこかえんりょがちなふんいきで、ちょこんと入っていました。

「こんなところにいたのね。」

りりかさんは、大事そうにリッパーを手に取ると、作業テーブルにもどって、裁縫箱の中にしまいました。そうして、作業テーブルの上に置いたままになっていた古い事典を手元に引きよせました。
表紙に『植物魔法事典《しょくぶつまほうじてん》』と書かれた本の、
「雪割草」のページを開くと、見開きページの左側には、
美しい雪割草の花を観察《かんさつ》したスケッチがえがかれていました。
絵の下には、植物についてのさまざまな説明《せつめい》や知識《ちしき》が
書かれており、そこだけを見ると、ごくふつうの植物事典に見えます。
けれども、右側のページに視線《しせん》をうつすと、
手描《てが》きのイラストとともに、
雪割草を使った魔法のかけ方がのっていたのです。
文章《ぶんしょう》の最後の行は、
こんな花言葉《はなことば》でしめくくられていたのでした。

雪割草の花言葉『内緒』

※「ロケス・ピラトス・ゾトアス・トリタス・クリサタニトス」……ヨーロッパに昔から伝わる、五人の妖精の名前を使ったおまじない。かれらの名前をくりかえしとなえると、なくしたものを見つける手助けをしてくれる、という言い伝えがある。

思い出の花《はな》ちゃん

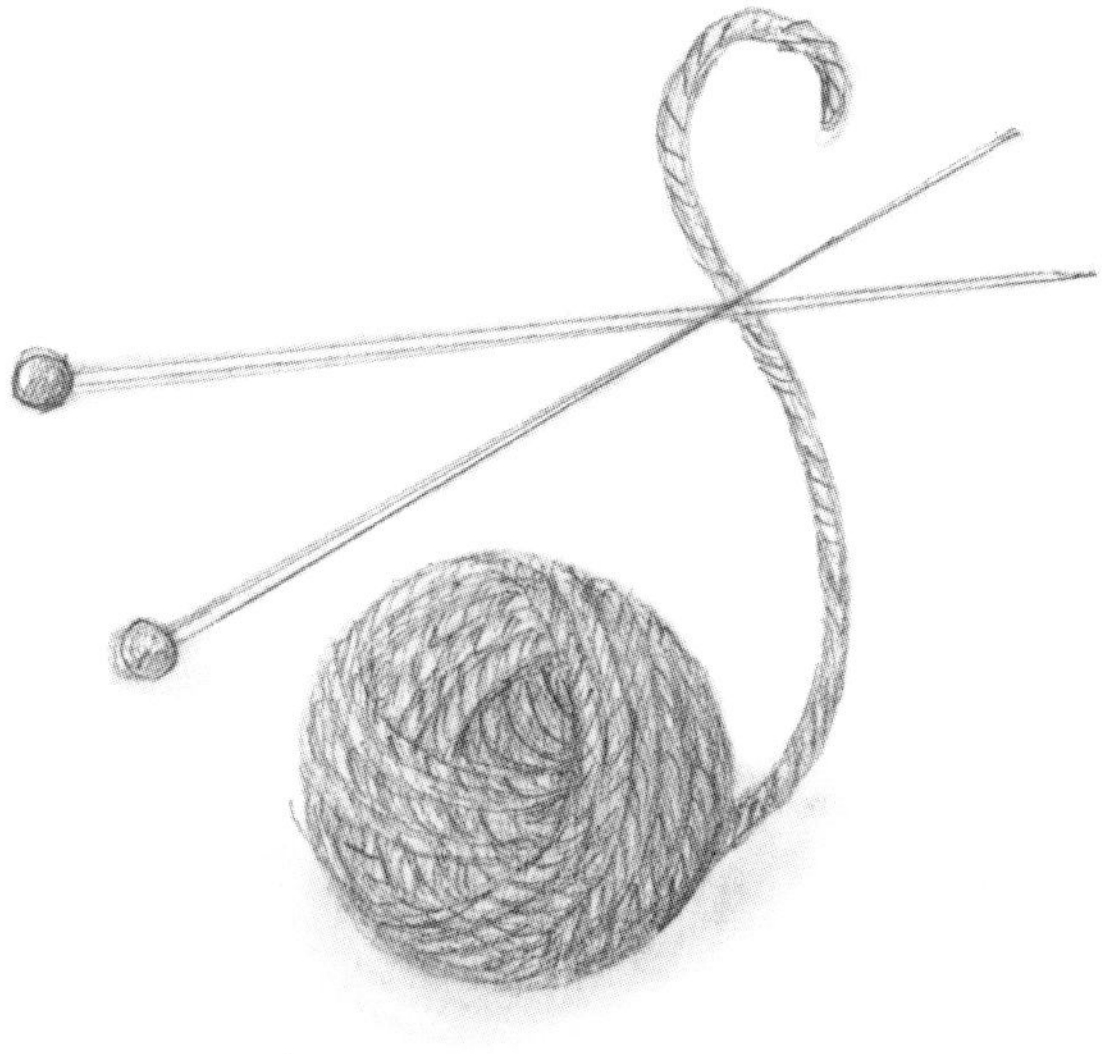

1　ペンちゃんの入院《にゅういん》

りりかぬいぐるみ診療所《しんりょうじょ》のある高原に、春がめぐってきました。

森の中は、目のさめるような新緑《しんりょく》と、可憐《かれん》な花々《はなばな》で満《み》ちあふれ、雪どけ水をふくんだ川が春の訪《おとず》れをつげるように、こぽこぽと音をたてて流《なが》れていきます。

まぶしい日差《ひざ》しのふりそそぐ春の日の午後、ペンギンのぬいぐるみをかかえた若《わか》い女性《じょせい》が、診療所にやってきました。

「こんにちは。予約《よやく》をしました青葉実緒《あおばみお》です。」

実緒が、かるく会釈《えしゃく》をすると、肩《かた》の長さで切りそろえられた黒髪《くろかみ》がさらりとゆれました。シンプルな長袖《ながそで》ブラウスに、丈《たけ》の長いサロペットスカートがとてもよく似合《にあ》っています。

「ようこそいらっしゃいました。さあ、どうぞお入りください。」

りりかさんは、玄関《げんかん》を入ってすぐ左側《ひだりがわ》にある、くつろぎの部屋《へや》へ案内《あんない》しました。実緒がくつろぎの部屋に足をふみいれたとたん、ふわりと花の香《かお》りがして、あたたかみのある部屋の様子《ようす》が目に入りました。

「……わあ、すてき。」

（診療所っていうから、もっとつめたい感《かん》じの部屋を想像《そうぞう》していたけれど……。）

そう思いながら、部屋の中をそっと見まわします。

使《つか》いこまれた木製《もくせい》の丸テーブルといす。テーブルに置《お》かれた花びんには、色とりどりのスイートピーの花が、たっぷりといけられています。かべぎわにある低《ひく》い本棚《ほんだな》には、絵本や写真集《しゃしんしゅう》がならび、その上に、陶器《とうき》のねこの置物《おきもの》やオルゴールなどがゆったりとかざられています。

出窓《でまど》のスペースには、古いぬいぐるみや人形たちがなかよくすわっていて、よく見ると、そこは新しい持《も》ち主《ぬし》をさがすための「里親コーナー」になっていました。部屋のすみに置かれている飾《かざ》りいすの上にも、同じように里親を待《ま》つぬいぐるみたちが置かれて

います。どの子たちも、きれいに洗《あら》ってもらったり、ていねいに修繕《しゅうぜん》されたりしていて、おだやかでやさしい表情《ひょうじょう》をしていました。

「こちらにすわって、少し待っていてくださいね。そのあいだに、こちらの『しつもんカード』にご記入をお願《ねが》いします。」

りりかさんはそう言いのこし、すぐ横《よこ》にあるキッチンへ入っていきました。

実緒は、いすにすわってペンギンをテーブルの上に置くと、さっそくしつもんカードを書《か》き始《はじ》めました。

（ぬいぐるみの名前は、青葉ペン。年齢《ねんれい》は十六歳《さい》。種類《しゅるい》は、皇帝《こうてい》ペンギンの男の子。身《しん》長《ちょう》は……二十五センチくらいかな。直してほしいところは、ええと……。）

実緒が、しつもんカードを書き終えたころ、りりかさんがお茶を持ってくつろぎの部屋へもどってきました。

「どうぞ。」

りりかさんは紅茶《こうちゃ》をテーブルに置き、実緒からしつもんカードを受《う》け取《と》ると、さっそく話を聞き始めました。

「この子の名前はペンちゃんで、皇帝ペンギンの男の子です。小さいころ、家族《かぞく》みんなで水族館《すいぞくかん》に行ったとき、お土産《みやげ》ショップで買ってもらったぬいぐるみなんです。それから今日まで十六年間、ずっと一緒《いっしょ》にくらしてきました。」

りりかさんは実緒の話にうなずきながら、ペンちゃんにほほえみかけます。

本物の皇帝ペンギンの赤ちゃんにそっくりな、あわいグレーのからだと、白と黒の頭。ぽっちりとした、つぶらなひとみ。ぴったりサイズのパステルブルーのニットセーターを着《き》せてもらっていて、とても大切にされていることが伝《つた》わってきます。

「もう十六年も一緒にいるので、すっかりぼろぼろになっちゃって。でも、そこがまたすごくかわいいんです。」

実緒はそう言いながら、やさしくペンちゃんのセーターをぬがせました。

「でも、見てください。あんまりかわいがりすぎて、からだもすっかりやせちゃって、あちこち穴《あな》があいていたり、毛がぬけていたり、くちばしもほつれてきて……。」

実緒の声が、だんだん小さくなっていきます。しゅんとしてしまった実緒をはげますように、りりかさんが言いました。

「ペンちゃんは、ちゃんと元気になりますから、心配《しんぱい》しなくてだいじょうぶですよ。さっそくペンちゃんを診察《しんさつ》していきますね。」

実緒はうなずいて、ペンちゃんをわたしました。

実緒の言った通り、ペンちゃんのからだは、わたがへたってやせてしまい、あちらこちらに小さな穴があき、毛がぬけたり、糸がほつれたりしていました。

「長いあいだ、実緒さんにとてもかわいがられてきたんですね。ペンちゃんにしかない個性《こせい》がにじみ出ていて、とってもかわいいです。」

りりかさんがそう言ってほほえむと、実緒はうれしそうに顔をあげました。

「ぬいぐるみって、ずっと一緒にくらしていくうちに、その子だけの個性が育《そだ》ってくるんですよね。だからよけいにかわいくて。もしも家が火事《かじ》になって、たった一つのものしか持ってにげられないとしたら、私《わたし》、まよわずペンちゃんを連《つ》れてにげ出します。ほかのものは買いかえられるし、お金だって、またかせげばいいけど、ペンちゃんだけは、ぜったいに代《か》えがきかないもの。」

実緒は、ペンちゃんへの思いをあつく語ったあと、「でも……。」としずかに目をふせました。

「ぬいぐるみって、思っていたよりも、ずっと繊細《せんさい》なんですよね……。このままだと、どんどん傷《きず》が広がって、取《と》り返《かえ》しがつかなくなってしまいそうだったから、そうなる前に、ちゃんと治療《ちりょう》をしてもらったほうがいいと思って、こちらへ連れてきたんです。」

りりかさんは、共感《きょうかん》するようにうなずくと、ペンちゃんをテーブルにそっと置いて、本棚の上にすわっていた、てんくまとちびくまを連れてきました。

「この白くまは、右の子がてんくま、左の子がちびくまといいます。長年一緒にくらしている、わたしの大切な家族です。小さいころは、どこにでも連れて歩いていましたから、ずいぶんよごれて、すり切れたり、穴があいてしまったりしたこともありました。でも、それがまた、とてもかわいくて……。」

りりかさんが、てんくまとちびくまをいとおしそうに見つめます。

「でも、実緒さんがおっしゃるように、ぬいぐるみは、思っている以上《いじょう》に繊細にできていますよね。ですから私も、定期的《ていきてき》にこの子たちの健康診断《けんこうしんだん》をして、そのときどきにあった治療をしてあげているんです。」

「だから、てんくまくんとちびくまくんは、今でもこんなに元気なんですね。」

実緒が納得《なっとく》したように相《あい》づちを打《う》つと、りりかさんはそれにこたえるように目を細め、ふたたびペンちゃんを手に取りました。

「長年実緒さんと一緒にくらすことで育ってきた、ペンちゃんの個性は大切にしたいと思いますので、もしも治療をせずにそのままのこしたいところがあれば、実緒さんのお気持ちにそった治療をさせていただきます。何かご希望《きぼう》はありますか。」

するとと実緒は、ほっとしたように表情をゆるませました。

「じつは私、ペンちゃんの、このくたっとした感《かん》じがとても好《す》きなんです。ずいぶんわたがへたってきているので、新しいわたに入れかえてあげてほしいんですが、新品《しんぴん》のときみたいに、ぱんぱんにつめるんじゃなくて、できれば、このふんいきが少しのこるくらいの、ゆるくてかわいい感じのつめ具合《ぐあい》にしてもらえたらうれしいです。」

「わかりました。新しく入れかえるわたは、ぱんぱんにつめずに、今のふんいきをのこしたまま、ゆるくてかわいい感じに仕上《しあ》げますね。治療前に、ペンちゃんのお写真をとりますので、今のペンちゃんのふんいきに近い感じに、つめ方を調整《ちょうせい》していきます。」

りりかさんは、実緒の希望を取り入れながら、一緒にペンちゃんの治療について話し合い、最後《さいご》に治療方法《ほうほう》を一つ一つ確認《かくにん》していきました。

「まず、ペンちゃんの中に入っているわたをぬいて、ゆっくりおふろに入ってもらいます。そのあと、庭《にわ》のハンモックの上でおひるねをしてもらって、しっかりかわいたら治療に入ります。毛がぬけてしまっているところには、同じ色の毛糸を使って植毛《しょくもう》し、ほつれてしまったくちばしは、形をきれいに再生《さいせい》しながら顔にぬいつけます。ぽつぽつとあいている小さな穴は、手縫《てぬ》いで一つ一つふさいでいって……。」

治療方法をていねいに説明《せつめい》しおえると、りりかさんはペンちゃん用の診療きろくノートをとじました。

「……以上になりますが、何かご不安《ふあん》なことや、ご質問《しつもん》はありますか。」

実緒は、明るい表情で首を横にふります。

「りりか先生のお話を聞いて、すごく安心しました。それで、ペンちゃんの退院《たいいん》はいつごろになりますか。」

「今月は、順番待《じゅんばんま》ちのぬいぐるみさんたちが多いので、二、三週間日にちがかかってしまうと思います。治療が終《お》わりましたら、すぐにご連絡《れんらく》しますね。入院期間中に、きっとペンちゃんには、お友達《ともだち》がたくさんできると思いますよ。」

実緒は、くすっと笑《わら》って、

「そうですね。私はさびしいけど、ペンちゃんはおとまりがすごく楽しみかも。」

と言いながら、ペンちゃんを両手《りょうて》であたためるように包《つつ》みこみました。

「ペンちゃんが元気になったすがたを、早くおばあちゃんにも見せたいな。あ、ペンちゃんは、私のおばあちゃんに買ってもらった子なんです。」

「まあ、そうでしたか。おばあさまにもよろこんでいただけるよう、大切に治療させていただきますね。」

するど、実緒が小さく首をふりました。

「……私のおばあちゃん、もうペンちゃんのこと、覚《おぼ》えていないんです。」

「えっ。」

りりかさんが思わず声をもらすと、実緒はぽつりぽつりと、こんな話をし始めたのです。

2　失《うしな》われていく記憶《きおく》

「一年くらい前からか、うちのおばあちゃん、いろんなことをわすれるようになってきちゃって……。ペンちゃんどころか、私のことまで思い出せない日もあって、『どちらさまですか？』なんて、言われちゃうこともあるんです……。」

ときどき口ごもりながら、実緒がさびしそうに話を続《つづ》けます。

「小さいころ、両親が共働《ともばたら》きだったので、私は一緒に住《す》んでいるおばあちゃんに育ててもらったようなものなんです。おばあちゃんは、私がさびしくならないように、とてもかわいがってくれました。明るくて、やさしくて、編《あ》み物《もの》がとくいで、いつもきれいな色のお洋服《ようふく》を着て……私のじまんのおばあちゃんでした。

でも……、いろんなことをわすれるようになってきてからは、話しかけてもあまりしゃべらなくなって、外に出ることもいやがるようになりました。あんなに好きだった編み物も、まったくやらなくなってしまって……。」

りりかさんは、テーブルの上に置かれた小さなニットのセーターに、そっと目をやります。

「私、そんなおばあちゃんを、なかなか受け入れられなくて……。おばあちゃんに、『どちらさまですか？』って聞かれるたびに、すごく胸《むね》が苦《くる》しくなって、『実緒だよ。孫《まご》の実緒。わすれちゃったの⁉』って、つい強い口調で言ってしまったり……。そのたびに、おばあちゃん、とても悲《かな》しそうな顔をするんです。それを見るとはっとして、後悔《こうかい》の気持ちでいっぱいになるのに、気がつくとまた同じことをくりかえしてしまって……。私、ほんとにだめな孫ですよね。おばあちゃんだって、わすれたくてわすれているわけじゃないのに……。」

言葉《ことば》につまった実緒は、そのままだまってしまいました。

「いろいろと、つらいことがあったんですね……。」

大好きなおばあちゃんに、自分がわすれられる……。それは、どれほど悲しく、つらいことでしょう。

しずんだ表情でうつむく実緒に、どんな言葉をかけてあげればいいのか、りりかさんが思《おも》い迷《まよ》っていたとき、ふと、視線《しせん》の先にある里親コーナーのぬいぐるみたちのすがたが目に入りました。

りりかさんはいすから立ち上がると、出窓の上にならんでいる里子たちの中から、古い布人形《ぬのにんぎょう》を持ってきて、テーブルの上に置きました。

「このお人形は……？」

きょとんとした表情で人形を見つめる実緒に、りりかさんが説明しました。

「これは『文化人形《ぶんかにんぎょう》』といって、大正時代《たいしょうじだい》から昭和時代《しょうわじだい》の中ごろまで作られていた、布製のぬいぐるみ人形です。昔《むかし》は、今みたいにお人形の種類も多くなかったので、当時の女の子たちは、みんなこれと似たようなお人形で遊《あそ》んでいたそうですよ。」

きらきらとかがやく、大きなひとみ。小さな口元に愛《あい》らしい笑《え》みをうかべ、はにかむようにほおをバラ色にそめています。かわいらしい赤色のワンピースを身《み》にまとい、ふっくらとした丸い頭には、「ボンネット」とよばれる、つばの広い赤いぼうしをか

ぶっているのが印象的《いんしょうてき》でした。

「なんだかレトロなふんいきがかわいいですね。うちのおばあちゃんも、こんなお人形で遊んでたのかな。」

「よかったら、一度《いちど》持ち帰って、おばあさまにお見せしてみてはどうかしら。もしもなつかしいと思って、かわいがってくださるようでしたら、その子は差し上げます。」

「えっ、いいんですか!?」

おどろいて聞き返した実緒に、りりかさんは、もちろん、というふうにうなずきます。

「その子、里親さんを待っているお人形なんです。かわいがってくださるようでしたら、ぜひお家《うち》におむかえください。」

実緒は、一瞬《いっしゅん》、目をかがやかせましたが、すぐにしょんぼりと肩をおとしました。

「でも……、おばあちゃんは、このお人形で遊んでいたころのことなんて、とっくにわすれてると思います。昨日《きのう》の出来事《できごと》さえ、覚えていられないのに。」

りりかさんは、そっとつつみこむような、やさしい声で言いました。

「初《はじ》めて見るような気持ちで手に取っていただくのも、すてきなことだと思いますよ。もしもご興味がないようでしたら、ペンちゃんをおむかえにいらっしゃるときに、持ってきてください。またこちらで新しい里親さんをさがしますので。」

実緒は、じっと文化人形を見つめ、それからゆっくりと顔をあげました。

「そうですね。とにかく一度、おばあちゃんに見せてみます。」

実緒がそっと人形をだきあげると、まっすぐにのびた長い手足が、前後にやさしくゆれました。

玄関先で実緒を見送《みおく》ったあと、りりかさんは部屋の中にもどり、花びんの中のスイートピーをしずかに見つめました。

（スイートピーは、たしか……。）

りりかさんは工房《こうぼう》にある本棚から、植物魔法事典《しょくぶつまほうじてん》を持ってきました。「スイートピー」と書かれたページを開き、しばらくのあいだ読みふけっていましたが、やがて本を閉《と》じると、棚や引き出しの中からいくつかのものを取り出してきました。

正方形の白い紙と、黒いペン、そして、「クリスタルパウダー」と書かれたラベルのはってある、ガラスの小びん。中には、水晶《すいしょう》を細かくくだいて粉《こな》にしたものが入っています。

りりかさんは、それらを持ってふたたびくつろぎの部屋に入っていくと、丸テーブルの上にいるペンちゃんに見まもられながら、白い紙の中央《ちゅうおう》に、何やら絵をかき始めました。

ふっくらとした丸い頭に、ボンネット。夢見《ゆめみ》るような大きな目と、かわいらしい鼻《はな》と口。フリルのついたワンピース、すらりとのびた細長い手足……。

りりかさんは、文化人形の絵をかきおえると、花びんにいけてあったスイートピーに向《む》かって、心の中で言いました。

(大地と花の精霊《せいれい》たち、お花を使わせていただきます。)

色とりどりのスイートピーの中から、赤と白の花をえらんで花びんから引きぬくと、文化人形の絵に色をぬるように、花びらを一枚《まい》ずつ取っては、絵の上にしきつめていきました。

顔と手足の部分には、白いスイートピーの花びらを。ボンネットとワンピースの上には、赤いスイートピーの花びらを……。やがて、白い紙の上には、花びらを身にまとった文化人形が、ふんわりとうかびあがりました。

そこまでできあがると、こんどはガラスの小びんのふたを開《あ》け、ひんやりとしたクリスタルパウダーをひとつまみ取り、小さな声でつぶやきました。

スイートピー　スイートピー
どうか　あなたの力をかしてください……

りりかさんが、花びらの絵の上に、さらさらとクリスタルパウダーをふりかけながら、どこの国の言葉ともわからない、ふしぎな呪文《じゅもん》を唱《とな》えました。

すると……。

花びらが、かすかにふるえたかと思うと、絵の周《まわ》りの空気が、すーっとセピア色にかわったように見えたのです。まるで、そこだけが、色あせた古い写真の中に封《ふう》じこめられてしまったかのように……。

けれども、それはほんの少しのあいだの出来事でした。

部屋の窓から、やわらかな風が流れこんできたとたん、花びらの絵をとりかこんでいたセピア色の空気は、けむりのように消《き》えてしまいました。

りりかさんは小さくうなずき、紙の上にしきつめた花びらをいったんわきにあつめ、その紙を使って折《お》り紙《がみ》のふねを作りました。その中に、スイートピーの花びらを全て入れると、それを持って近くの小川へ向かいました。

外はとてもいい天気で、あちらこちらから、チチチ……ピュピュピュ………と、鳥たちのさえずりが聞こえてきます。あたたかい木もれ日がふりそそぐ小道をしばらく歩いていくと、さらさらと心地《ここち》よい水音が聞こえ、行く手に小川が見えてきました。

りりかさんは、スイートピーの花びらをのせたふねを、両手でそっと川にうかべました。太陽《たいよう》のひかりがきらきらと反射《はんしゃ》する水面《すいめん》を、ふねはゆっくりと進《すす》み始《はじ》めます。右に左にゆられながら、花びらをのせたふねは流れていき、やがて、まぶしい光の向こうに消えていきました。

3　おばあちゃんとの思い出

　その日の夕方、実緒は、りりかさんからもらった文化人形を持って、おばあちゃんの部屋に行きました。部屋のふすまを少し開けて中の様子を見ると、おばあちゃんは、ちゃぶ台の前にぺたんとすわり、ぼんやりとかべのほうを見つめていました。

「おばあちゃん、遊びにきたよ。」

　実緒は、文化人形を後ろにかくしたまま、部屋の中へ入ります。

「もうすぐ夕食の時間だね。今日は、おばあちゃんの大好きな炊《た》きこみごはんだって」

　やさしく声をかけると、おばあちゃんは、実緒のことをふしぎそうな目で見ながら、

「どちらさま?」

と、かすれた声で言いました。実緒の胸は、ぎゅっとしめつけられるようにいたくな

り、おなかのあたりが重《おも》くなります。

(昨日も教えたのに……。ほんとにわすれちゃったんだな、私のこと……。)

「実緒だよ。み、お。おばあちゃんの孫だよ。」

「み、お。孫……。」

おばあちゃんは、実緒の言葉を、力のない声でくりかえしただけ。何にも興味がないかのように実緒から視線をそらすと、無表情《むひょうじょう》な顔でかべのほうを見つめました。

実緒は、泣《な》きたいような気持ちをぐっとこらえ、明るい声で言いました。

「今日はね、おばあちゃんにプレゼントがあるの。」

実緒の声に、おばあちゃんはかすかに反応《はんのう》し、ふたたび顔をこちらへ向けました。

「ほら、かわいいでしょ。文化人形だよ。」

実緒は、おばあちゃんのそばにすわると、しわだらけの細い両手にそっと持たせてあげます。おばあちゃんは、ゆっくりと視線をおとし、自分の手の中にあるものをしげしげとながめました。

そのとき、無表情だったおばあちゃんのひとみが、ゆっくりとかがやき始め、ほおがゆるんでいったのです。

「……まあ、花《はな》ちゃん。こんなところにいたの。」

おばあちゃんは、小きざみにふるえる手で、ゆっくりと文化人形の頭をなで、それからいとおしそうにだきしめました。

思いがけないおばあちゃんの反応に、実緒は内心おどろきながらも、できるだけ自然《しぜん》な感じでたずねました。

「花ちゃんって、おばあちゃんのお人形さんの名前？」

するとおばあちゃんは、ゆっくりと顔をあげ、

「……ふみちゃん。あなた、ふみちゃんね。さあ、一緒にお人形遊びをしましょう。」

と言って、にっこり笑ったのです。

（……ふみちゃん？）

実緒はいっしゅん、だれのことかわかりませんでした。でも、どこかで聞いたことのある名前です。

実緒は、自分の記憶を懸命《けんめい》にたどっていきます。

（……そういえば、ずいぶん前に亡《な》くなったおばあちゃんの妹が、たしか文子《ふみこ》さんだったはず。）

実緒がまだ小さいころに亡くなったので、顔は覚えていませんでしたが、ずいぶん前に、こんなことを言われたことがあったのです。

「実緒ちゃんのお顔は、おばあちゃんの一つちがいの妹によく似ているのよ。心根《こころね》がやさしい子でねえ、とっても仲《なか》がよかったの。名前は文子っていってね、『ふみちゃん』『ちよちゃん』なんて呼《よ》び合《あ》ってねぇ……。」

おばあちゃんの名前は、千代子《ちよこ》といいます。

（きっとおばあちゃんは、私のことを、妹の文子さんとまちがえているんだわ……。でも、それなら――。）

実緒は、おばあちゃんに、やさしくほほえみかけました。

「そうね、ちよちゃん、一緒にお人形遊びしましょう。」

久《ひさ》しぶりにおばあちゃんの笑顔が見られて、とてもうれしかった実緒は、「ふみちゃん」として、おばあちゃんに接《せっ》してみようと思ったのです。

「それじゃあ、花ちゃんは、私たちの赤ちゃんね。ちよちゃんは、お父さん役《やく》とお母さん役、どっちがいい？」

「私、お母さんがいい。」

おばあちゃんが、むじゃきに答えます。

「それじゃあ、私がお父さんね。……ほら、お母さん。花ちゃんが泣いてるよ。いったいどうしたんだろう？」

「おなかがすいたのかしらねぇ。それとも、ねむいのかしら。」

「おなかがいたいのかもしれない。」

「まあ、それはたいへん。お薬《くすり》を、飲《の》まさないと。」

おばあちゃんは、花ちゃんにお薬を飲ませるしぐさをしたり、座布団《ざぶとん》にねかせてあげたり、おくるみに見立てたタオルでやさしくからだをくるみ、そっとだきあげてあやしたり……。

やがて、「ああ、花ちゃんが泣きやんだわ。」とつぶやくと、おばあちゃんはうれしそうに花ちゃんの両手を取って、童謡《どうよう》の「春《はる》よ来《こ》い」を歌い始めました。実緒も、小さいころを思い出して、おばあちゃんと一緒に歌いました。

その日以来、実緒は、昭和時代のこどものおもちゃをさがしてきては、それを持っておばあちゃんの部屋へ遊びにいくようになりました。

おはじき、折り紙、紙ふうせん。お手玉、ビー玉、あやとり、ぬりえ……。

おばあちゃんと遊ぶときにはいつも、文化人形の花ちゃんがそばにいます。おばあちゃんは、花ちゃんのことをとてもかわいがり、花ちゃんがそばにいるだけで、にこにこと笑顔になります。

おばあちゃんは小さいころ、戦争《せんそう》を経験《けいけん》しています。東京大空襲《とうきょうだいくうしゅう》のときに家を焼《や》かれて何もかもを失ったという話を、実緒は聞いたことがありました。

もしかしたら、そのときに失ってしまったものの中に、大切にしていた花ちゃんも入っていたのかもしれない……と、実緒は思います。

「ちよちゃん、一緒におはじきしましょ。」

「ねえ、ちよちゃん、今日は折り紙を教えてちょうだい。」

「ちよちゃんは、お手玉が上手ねえ。私、ちっともできないわ。」

ぬりえ

実緒は、「ふみちゃん」のことを想像しながら、いつもおばあちゃんが使っているような、やさしい言葉づかいを心がけました。おばあちゃんは、最近のことはわすれてしまっているのに、遠い昔のことはよく覚えているのです。それは、実緒にとってうれしい発見《はっけん》でした。折り紙を手に取れば、鶴《つる》でも、ふうせんでも、とても上手に作れます。あやとりなんて、実緒のほうが作り方をわすれてしまっていたくらいでした。お手玉も、すぐにコツを思い出して、「げんこつ山《やま》のたぬきさん」を歌いながら、二つのお手玉をとても上手に回すことができました。

おばあちゃん子だった実緒は、小さいころはよくこんなふうに、昔の遊びをたくさん教えてもらったものでした。こうしておばあちゃんと遊んでいると、幼《おさな》いころの楽しかった思い出が、つぎつぎによみがえってきます。

しゃらしゃらと心地よい音がするお手玉は、中に何が入っているのかをたずねると、おばあちゃんがお手玉作りを体験させてくれました。小花や吉祥柄《きっしょうがら》の入ったきれいなはぎれをぬいあわせ、フライパンで乾煎《からい》りしたあずきを中に入れて作るのです。お手玉の中身が食べ物だったことを知り、実緒はとてもおどろいたことを思い出します。

「おばあちゃんは昔の人間だから、今の時代の遊びはわからないけれど……。」

そう言いながら、きれいな模様《もよう》のえがかれたクッキーの空《あ》き缶《かん》の中から、いろんなおもちゃを取り出しては、共働きの両親の帰りを待つ実緒の遊び相手をしてくれたのです。

おやつもみんな手作りで、ホットケーキや、ドーナツや、みかんのたっぷり入った牛《ぎゅう》乳《にゅう》かんを作って、実緒が学校から帰ってくるのを待っていてくれました。夕ごはんは和食ばかりで、ときどきあきることもあったけれど、おばあちゃんの作ってくれる肉じゃがや炊きこみごはんは、とってもおいしかった……。

実緒は、折り紙を折っているおばあちゃんの手に、そっと目をやりました。外に散歩《さんぽ》にでかけるときには、いつも手をつないでくれた、あのおばあちゃんのやわらかな手は、いつからこんなにごつごつと節《ふし》が目立つようになっていたのでしょうか。曲《ま》がってしまったせなかのせいで、昔にくらべると、からだが小さくなったようにも感じられます。家に引きこもるようになってからは、手足も細くなってしまって……。

いつも自分を守《まも》ってくれていたおばあちゃんが、いつのまにか、こんなにもはかなげな存在《そんざい》になっていたことに、実緒はあらためて気がついて、胸がいっぱいになりました。

（おばあちゃん、ごめんね……。）

自分をわすれてしまったおばあちゃんを、心のどこかでせめていたことがなさけなくて、実緒の目になみだがあふれてきました。

「まあ……、ふみちゃん、どうしたの？」

実緒の様子に気づいたおばあちゃんが、心配そうに顔を見つめます。

「ううん……なんでもない。」

そう言いながらも、顔をあげることができない実緒のせなかに、おばあちゃんのあたたかい手のひらがそっとふれました。おばあちゃんは何も言わず、ただ実緒のそばにいて、やさしくせなかをさすってくれたのです。

小さいころ、実緒が泣いていると、おばあちゃんはいつもこんなふうに、せなかをさすってくれました。そのことをふいに思い出した実緒は、よりいっそう、なみだがぽろぽろこぼれてきました。

（おばあちゃん、ありがとう……。）

花ちゃんが家にやってきたことをきっかけに、実緒はふたたびおばあちゃんと一緒にすごすことが多くなり、やさしい時間を取りもどしていったのです。

4　小さな奇跡《きせき》

「……あの日、花ちゃんを連れて帰ったことがきっかけで、まさかこんな展開《てんかい》になるとは、思ってもみませんでした。」

あれから一か月後、りりかさんからの連絡を受けて診療所にやってきた実緒は、ひとしきりペンちゃんの退院をよろこんだあと、文化人形の花ちゃんを連れ帰ってからの出来事を、りりかさんに話しました。

「花ちゃんがうちに来てから、おばあちゃんの表情がすごく明るくなってきて、お散歩にさそうと、少しずつ外に出られるようにもなってきたんです。」

「まあ、それはよかったですね。」

「はい。折り紙とか、あやとりとか、ぬりえとか、手指《てゆび》をよく動《うご》かす遊びをしたこともよかったのかな。最近では、時々ふっと、私のことも思い出してくれることがあるんです。すぐにまた『ふみちゃん』にもどっちゃうんですけどね。」

実緒はそう言って、明るく笑います。

「でも、おばあちゃんが笑顔でいてくれるなら、私は実緒でも、ふみちゃんでも、もうどっちでもいいんです。以前の私は、おばあちゃんに自分勝手《じぶんかって》な理想ばかりおしつけていたんだと思います。自分を否定《ひてい》されたら、だれだっていやだし、すごく悲しいですよね……。だからきっと、おばあちゃんはどんどん心をとざして、無口になっていったんだろうなって思います。

でも、花ちゃんをだきしめたおばあちゃんのうれしそうな笑顔を見たとき、なみだが出そうになるくらいうれしくて、ああ、このままの、ありのままのおばあちゃんでいいんだ……って、自然とそんな気持ちがこみあげてきたんです。そういう気持ちって、きっと言葉にしなくても伝わるんですね。最近のおばあちゃんは、なんだか安心したみたいに、にこにこしていることが多くなりました。」

そう言ってほほえむ実緒の顔は、春のひだまりのようにおだやかでした。

「おばあさまが、明るさを取りもどすことができて、本当によかったですね。」

実緒とおばあちゃんのやり取りを思いうかべるだけで、りりかさんの胸の中にはあたたかなものがあふれてきます。

「りりか先生が、花ちゃんをプレゼントしてくれたおかげです。」

実緒は、ぺこりと頭をさげたあと、

「それでね、昨日もうれしいことがあったんです。」

と言って話を続けました。

「いつものようにおばあちゃんの部屋に遊びに行ったら、おばあちゃんがめずらしく毛糸で何かを編み始めていたんです。編み物のことなんて、もうすっかりわすれちゃってると思っていたから、とてもおどろきました。」

「何を編んでいらっしゃったんですか？」

「うーん。私にもよくわからないんです。おばあちゃんの気をちらさないように、そのままそっとふすまを閉《し》めて、部屋にもどってしまったので。でも、おばあちゃんに、『何かをやりたい』っていう意欲《いよく》が出てきたことが、とってもうれしくて。」

実緒はそう言って、にこにこしながらペンちゃんに話しかけました。

「さあ、そろそろ帰ろうね。おばあちゃん、ペンちゃんのことはすっかりわすれちゃってるから、ちゃんと自己紹介《じこしょうかい》しようね。花ちゃんともお友達になれるといいね。」

実緒は、テーブルの上にいたペンちゃんを手に取ると、両手でやさしくだきしめました。

それから一週間後。

りりかさんの元に、実緒から一通の手紙が届《とど》きました。

封筒《ふうとう》を開けてみると、中には小さなメッセージカードと共に、一枚の写真が入っていました。


『りりか先生、見てください。

おばあちゃんから、こんなすてきなプレゼントをもらいました。

私も、ペンちゃんも、とってもうれしかったです。

青葉実緒&ペン』

カードのメッセージを読んだあと、りりかさんは写真をしみじみと見つめ、うれしそうに目を細めました。

そこには、はじけるような笑顔でペンちゃんを持った実緒と、うれしそうに文化人形をだいたおばあちゃんが、肩をよせ合うようにして写《うつ》っていました。よく見ると、ペンちゃんはセーターとおそろいの、パステルブルーの毛糸で編まれたぼうしとマフラーを身につけていました。

スイートピーの花言葉　『やさしい思い出』

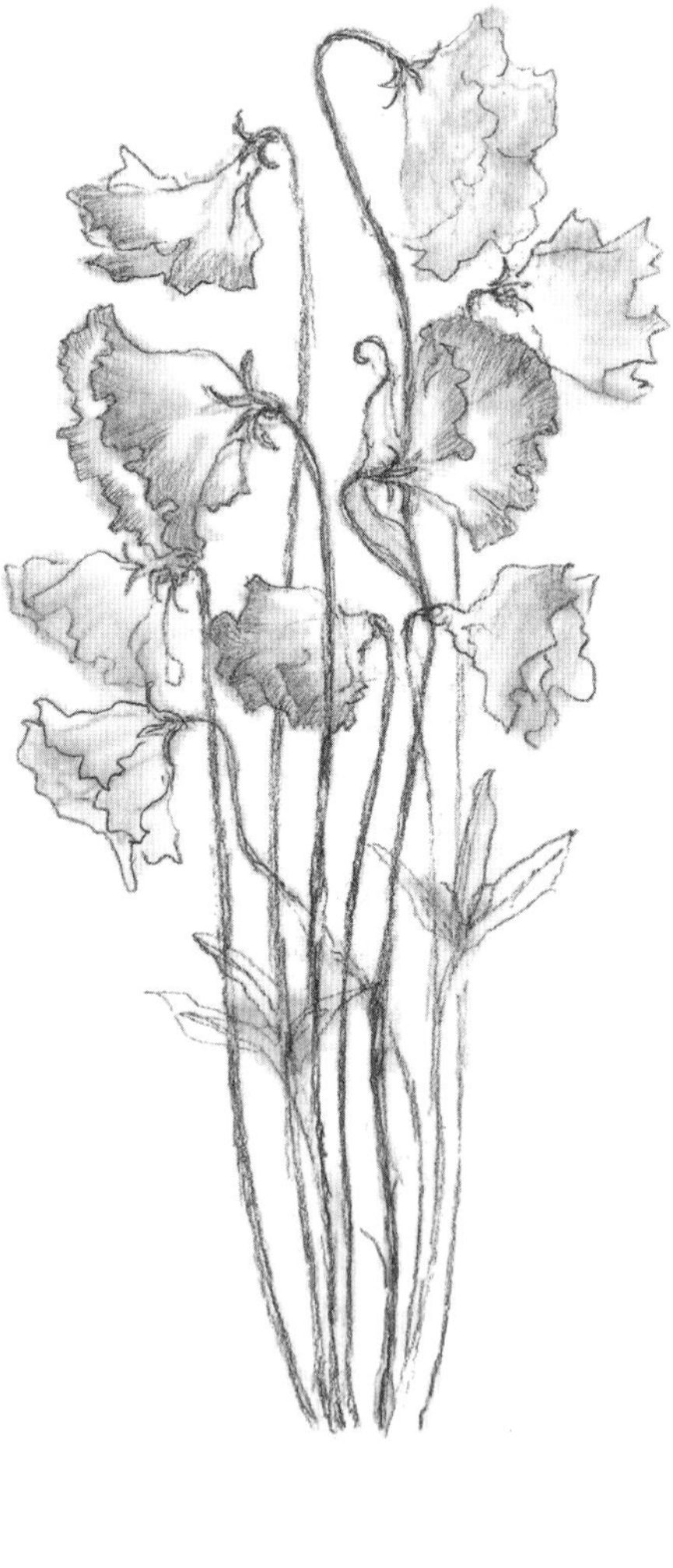

あんでるせんのテディベア

1　チャドバレーのはちみつくん

「おはようございます。」

りりかさんが、「準備中《じゅんびちゅう》」と看板《かんばん》のかかったカフェレストランのドアを開《あ》けたとたん、コーヒーのほろ苦《にが》い香《かお》りが鼻《はな》をかすめました。そうじが行きとどいた店内の空気はくっきりと澄《す》んでいて、すがすがしいピアノの曲《きょく》が流《なが》れています。

「ああ、りりか先生、おはようございます。」

店主《てんしゅ》の榎木田《えのきだ》さんが、親しみのこもった笑顔《えがお》をうかべながら、カウンターから出てきました。

「わざわざおこしいただいてすみません。」

「いえいえ、朝の散歩《さんぽ》のとちゅうですから。」

「そうおっしゃっていただけるとありがたいです。さあ、コーヒーをいれますのでどうぞこちらへ。」

りりかさんは、案内《あんない》されたカウンター席《せき》にすわり、榎木田さんが出してくれた水を飲《の》んで、ひと息《いき》つきました。

ウォールナットの一枚板《いちまいいた》でできたカウンターテーブルは、ぴかぴかにみがきあげられ、花びんにいけられた野の花が、朝の光の中でみずみずしくかがやいています。

榎木田さんがドリップコーヒーをいれているあいだ、りりかさんは、カウンターの内《うち》側《がわ》のかべに造《つく》りつけられた食器棚《しょっきだな》をしみじみとながめました。整然《せいぜん》とならぶビンテージのカップたちは、榎木田さんが長年かけて集《あつ》めてきたもので、それぞれの形やデザインが、うっとりするほど美《うつく》しいものばかりです。

ほどなくして、「どうぞ。」と言いながら、榎木田さんがいれたてのコーヒーをテーブルに置《お》きました。りりかさんがお礼《れい》を言ってひと口飲《の》むと、ナッツのような香《こう》ばしさと、さわやかな酸味《さんみ》がとけあったコーヒーの味《あじ》が、口いっぱいに広がりました。

ここは、みどり豊《ゆた》かな森の中に、ひっそりとたたずむ『カフェレストラン・あんでるせん』。りりかぬいぐるみ診療所《しんりょうじょ》から歩いていける場所《ばしょ》にあり、ときどきりりかさんも訪れる、なじみのカフェレストランです。

木々《きぎ》にかこまれた、少し目立たない場所に建《た》っているからなのか、観光客《かんこうきゃく》で混雑《こんざつ》するようなことはなく、かといって閑散《かんさん》としているわけでもなく、常連客《じょうれんきゃく》と、ふらりと立ちよった客がほどよくまざりあいながら、いつも六、七割《わり》の席がうまっているような、しずかでいごこちのよいお店でした。

つややかな床《ゆか》の上に、ゆったりとならんだテーブルといす。天井《てんじょう》からつり下げられたミルクガラスのランプが、やさしく店内をてらしています。かべぎわには、レンガ造りの小さな暖炉《だんろ》があり、アンティークの本棚や、使《つか》いこまれたキャビネットなどがゆったりと置かれ、その上に、古い時代《じだい》のテディベアたちがなかよくならんでいます。

初《はじ》めてここを訪れたとき、店内のあちらこちらにテディベアがさりげなくかざられているのを見つけたりりかさんが、思わず榎木田さんに話しかけたことがきっかけで、ふたりは知り合いになったのです。

とはいえ、榎木田さんのことについて、りりかさんもそれほどたくさんのことを知っているわけではなく、その素性《すじょう》は謎《なぞ》に包《つつ》まれていました。

年齢《ねんれい》は五十代後半くらいでしょうか。ほっそりしていて背《せ》が高く、いつもぱりっとしたシャツを着《き》て、コーヒー豆《まめ》のような色合いのサロンエプロンをつけています。物腰《ものごし》はやわらかで、ユーモアのセンスもあり、笑みをたやさない人でしたが、どこか神秘的《しんぴてき》で謎めいたふんいきのある人。それが、榎木田さんの印象《いんしょう》でした。

りりかさんが聞いたところによると、お店にかざられているテディベアたちは、榎木田さんがヨーロッパ旅行《りょこう》へ出かけたときに、縁《えん》あって出会った子たちなのだということでした。榎木田さんは古いテディベアが大好《だいす》きで、気に入った子を見つけると、どうしても置いて帰ることができないそうで、「いつのまにか、こんなにたくさん家族《かぞく》がふえてしまいました。」とうれしそうに話していたのを思い出します。

ドイツのシュタイフ、ハーマン。イギリスのメリーソートやチャドバレー……。歴史《れきし》あるテディベアメーカーのものだけではなく、どこで作られたのかはわからないけれども、長いあいだ大事《だいじ》にされてきたことが伝《つた》わってくるような、素朴《そぼく》で愛《あい》らしいテディベアたちも、お店の空気にしっくりとなじんですわっています。

顔ぶれはときどきかわるので、きっと家には、もっとたくさんのテディベアがいるのでしょう。

榎木田さんから、テディベアの治療《ちりょう》依頼《いらい》が来たのは昨夜《さくや》のこと。なかなか店を休めない榎木田さんのために、りりかさんの方から出向《でむ》いて、大事なテディベアをあずかりにきたのでした。

「今日、治療をお願《ねが》いしたいのは、この子なのです。」

榎木田さんは、カウンターの右はしにちょこんとすわっていた、アンティークのテディベアを手に取《と》って、りりかさんの前に置きました。

「八年前にイギリスに旅行に出かけたときに、蚤《のみ》の市《いち》で出会った子でしてね。名前は、はちみつといいます。男の子です。」

りりかさんは、はちみつを手に取ると、うれしそうに表情《ひょうじょう》をゆるませました。

「かわいい……。一九五〇年代のチャドバレーのテディベアですね。アンティークなのに、とても状態《じょうたい》がいいですね。モヘアなんて、新品《しんぴん》のようにきれいだわ。」

やわらかな日の光の中で、はちみつのモヘアがやさしい蜜色《みついろ》にかがやきます。

「きっと、ガラス戸のついた棚の中で、長いあいだ大事にかざられていたのでしょう。実際《じっさい》の年齢は七十さいくらいでしょうが、うちに来たのは八年前ですから、その子は八さいの男の子としてかわいがっています。」

「たしかに、はちみつくんは、八さいのこどもみたいな雰囲気《ふんいき》がありますよね。」

大きめの丸い頭と、平《ひら》たい耳。からだの大きさにくらべて短《みじか》い手足。一九五〇年代のチャドバレーベアの代表的な特徴《とくちょう》を持《も》つはちみつは、たとえ商標《しょうひょう》タグが取れてしまっていても、ひと目でチャドバレー社のテディベアだということがわかります。

チャドバレー社は、以前《いぜん》イギリスにあった古いおもちゃメーカーの一つで、一九一五年ごろからテディベアを作《つく》り始《はじ》めます。一九六〇年代には、イギリス国内でもっとも大きなおもちゃメーカーに成長《せいちょう》しましたが、次第《しだい》に経営《けいえい》が悪化《あっか》し、一九八八年、その長い歴史に幕《まく》を下ろしました。

はちみつは、モヘアの状態も良好《りょうこう》で、こはく色のガラス製《せい》の目はオリジナルのまま、鼻や手足の爪《つめ》のししゅうも修復《しゅうふく》された跡《あと》はなく、きれいな状態を保《たも》っていました。首のジョイントがゆるんで、頭が少し右側にかたむいていましたが、首をかしげているようなその表情は、かえってこどものようなかわいらしさを感《かん》じさせます。

「はちみつくん、年代のわりにはとてもいいコンディションですが、左足のパッドにだけ、小さなやぶれがありますね。何か、先がするどいものにひっかけてしまった跡のような……。」

するとは榎木田さんは、考えこむようにうでを組み、

「アンティークベアは古いものですから、気づかないうちに、ほころびてくることもあるんですねえ。」

と言いながら、しみじみとうなずきました。

「昨日《きのう》の朝、店のそうじをしているときに、この子のけがを見つけましてね。このままではかわいそうだと思いまして、すぐにりりか先生にお電話をしたのです。ほかにはとくに問題《もんだい》はないと思うのですが、ちょっと全体《ぜんたい》をみていただくことはできますか。」

「はい、もちろんです。」

りりかさんは、はちみつの首や手足のジョイントの動《うご》きを確認《かくにん》したり、からだのぬい目がほつれていないかを調《しら》べたり、目を取《と》り付《つ》けている糸がゆるんでいないかどうかを

確《たし》かめたりしました。

「足のパッド以外は、おけがはなさそうです。アンティークのテディベアは、たとえコンディションがよかったとしても、生地《きじ》自体がとても古いものなので、ちょっとした修理でも、かえっていためてしまうことにもなりかねませんから、細めの針《はり》と糸を使って慎重《しんちょう》に修復していきますね。」

それを聞いた榎木田さんは、満足《まんぞく》そうにうなずきました。

「その点、ぬいぐるみのことを知りつくしているりりか先生になら、安心《あんしん》しておまかせできます。」

りりかさんは、はずかしそうな笑みをうかべ、

「そう言っていただけると、とてもはげまされます。心をこめて治療させていただきますね。」

と言って、かべにかかっている柱時計《はしらどけい》に目をやりました。

「それじゃあわたし、そろそろ失礼《しつれい》します。はちみつくんの足のおけがは、すぐに直せますので、また明日《あした》の朝、おうかがいしますね。」

りりかさんがいすから立ち上がり、カウンターの上にいたはちみつをだきあげると、榎木田さんが、いたずらっぽい目をして言いました。

「はちみつは八歳の男の子なので、今がいたずら盛《ざか》りなんです。りりか先生に、何かご迷惑《めいわく》をかけなければいいのですが。」

それを聞いたりりかさんは、くすっと笑《わら》いました。

「ご安心ください。診療所には、いろんな子がやってきますから、なれているのでだいじょうぶですよ。」

そうして、はちみつの右手をふりながら、

「お父さん、行ってくるね。」

とかわいい声であいさつをして、店をあとにしました。

＊モヘア……アンゴラ山羊《やぎ》の毛で作られた生地のこと。
＊パッド……テディベアの手のひらと足のうら部分に使われている別《べっ》生地の切《き》り替《か》え部分のこと。

2　はちみつ夜話

　りりかぬいぐるみ診療所の工房《こうぼう》の一角には、「いこいの部屋《へや》」とよばれる、ちょっとしたスペースがあります。床よりも少し高台になっているその部屋は、大きなドールハウスのような作りになっていて、治療を終《お》えたぬいぐるみたちが、持《も》ち主《ぬし》がむかえに来るまでのあいだ、楽しくすごす場所なのです。

　その日の夜、りりかさんが一日の治療を終《お》えて、二階《かい》の部屋でねむりについたころ、入院中《にゅういんちゅう》のぬいぐるみたちがベッドルームから起《お》き出《だ》してきて、いこいの部屋に集まりました。

　いこいの部屋には、ぬいぐるみサイズのキッチンや食器棚があって、お茶を飲むこともできますし、本棚にならんでいる絵本を読んだり、トランプやゲームをすることもできます。おもちゃのピアノを自由《じゆう》にひいたり、グリムやアンデルセン童話《どうわ》の紙しばいを見たり、楽しく遊《あそ》んだあとは、ソファーでねころんでもいいのです。

今夜は、新しく入院してきたチャドバレーのはちみつを囲《かこ》んで、ぬいぐるみたちの楽しいおしゃべりが始まりました。

「ねえ、はちみつくん。きみ、どこに住《す》んでるの。」

三日前に入院してきたキリンのフリークが、気さくなふんいきでたずねます。

「ここからそんなに遠くない場所。人の足で、三十分くらい歩いたところだよ。」

「それはいいね。どこかこわれたら、すぐに直してもらえる。」

レッサーパンダのタンタンが、うらやましそうにもふもふしたしっぽをゆすると、そばにいた白くまのてんくまとちびくまが、人なつっこい笑顔で言いました。

「はちみつくんの家は、カフェレストランをやっているんだよね。」

「ぼくたちも、何度《なんど》かりりかちゃんと一緒《いっしょ》に、行ったことがあるんだ。森の中にあるの。とってもすてきなお店だよ。」

それを聞いたぬいぐるみたちは、目をかがやかせます。

「カフェレストランなんて、すてきねえ。わたし、ゆくゆくは、ケーキのおいしい喫茶《きっさ》店《てん》を開《ひら》くことが夢《ゆめ》なの。」

お人形のシャーリーちゃんが、楽しそうにくるりとまわって、ドレスのすそをひるがえしました。

「そういう場所には、きっといろんな人たちがやってくるんだろうね。」

ぞうのトムトムが、興味《きょうみ》ぶかげに長い鼻をくねらせると、はちみつは、はりきって説《せつ》明《めい》しました。

「よく見かけるのは、森の中で道にまよったお客さん。そういう人たちが、道をたずねにやってくるついでに、ごはんを食べていったり、コーヒーを飲んでいったりするんだ。あとは、近くに住んでいる常連さんたち。ふらりとひとりでやってきて、カウンター席でお父さんとおしゃべりを楽しんでいく人もけっこういるかな。お店のカウンターの右はしが、ぼくの特等席《とくとうせき》。いつもそこで、お父さんとお客さんの会話を聞くのが楽しみの一つなんだ。」

「なるほどねえ。」

「それは楽しそう。」

みんながあれこれ言いながら、はちみつの話にうなずきます。

「最近《さいきん》あった、おもしろいお話を聞かせてよ。」

マレーバクのリオが、耳をパタパタしながらお願いすると、はちみつは、ちょっと考えたあと、

「そういえば、ついこのあいだね、どきどきする話を聞いちゃったんだ。」

と言って、急《きゅう》にまじめな顔になりました。

「どきどきする話？」

「こわい話？」

みんながくちぐちにたずねると、はちみつはうなずいて、

「ぼくはすごくどきどきした。こわいとも言えるかも……。」

と言って、こんな話をし始めたのです。

「ある日の夕方のこと、ひとりの若《わか》い男の人が、ふらりとお店にやってきたんだ。おしゃれな黒縁《くろぶち》のめがねをかけていて、少しおとなしそうだけど、やさしいふんいきの人

だった。その人は、カウンター席の右はしにすわったの。つまり、ぼくがいつもすわっている場所から、一番近い席だよ。

男の人は、ブレンドコーヒーとモンブランケーキを注文《ちゅうもん》した。その時は、ちょうどお客さんも少なかったから、カウンターの中にいるお父さんとその人は、世間話《せけんばなし》を始めたんだ。

その人は、高原のペンションに泊《と》まっている旅行者《りょこうしゃ》だって言ってた。休暇《きゅうか》を利用《りよう》して、ひとりで小旅行に来たとか、コーヒーが大好きでよくカフェ巡《めぐ》りをするとか、そんな話をお父さんとしてたんだけど、せっかく旅行に来たっていうのに、その人、あんまり楽しそうじゃなかったんだよね。なんだか顔色もよくなくて、コーヒーを飲みながら、時々小さなため息をついているのに気づいたお父さんが、

『楽しいご旅行中なのに、あまりお元気がないようですね。どうかなさいましたか？』

って、たずねたら、男の人は、少しおどろいたように二、三度まばたきをして、

『やっぱり、顔に出ちゃうのかな……。』

ってつぶやいたあと、

『じつは……、最近《さいきん》、家の中で、ちょっとおかしなことが続《つづ》いているんです。よかったら、聞いていただけますか。』

って言って、こんな話をし始めたんだ。」

ぬいぐるみたちは興味しんしんで、はちみつの話に耳をかたむけます。

「その人は最近、引っこしをしたんだって。そこは、少し古いマンションだったけれど、部屋の中はリフォームされていてとてもきれいだったし、駅《えき》からも近い場所なのに家賃《やちん》がとても安《やす》かったから、すぐにそこに決《き》めたそうなの。

引っこしてきた部屋は、ひとり暮《ぐ》らしにはじゅうぶんな広さで、日当たりもよくて、とても気に入ったんだけど、一つだけ、ちょっと気になることがあったらしいんだ。」

「気になること？」

ねずみのパフィーが、首をかしげます。

「うん。マンションの敷地内《しきちない》のすみに、小さな古い『祠《ほこら》』が、ひっそりとたっていたんだって。あ、祠っていうのは、家や土地をまもる神様《かみさま》をおまつりする、おうちみたいな形をしたもののことらしいよ。」

ぬいぐるみたちの中には、祠を知らない子たちもいたので、
年長者のぬいぐるみが、
「祠の上の部分は、こんなふうに屋根《やね》がついていてね……。
木や石でできてるんだ。大きいものもあれば、
小さいものもあってね……。」
などと言いながら、小さな声で教えてあげています。ぬいぐるみたちのささやきが一段《いちだん》
落《らく》すると、はちみつは、また話を続けました。
「でも、目立つ場所にあったわけじゃなかったから、そのうちすっかりわすれちゃった
んだって。ところで、その人は引っこした時期《じき》が、ちょうど仕事《しごと》のいそがしい時期とか
さなってしまって、なかなか部屋がかたづけられなかったらしいの。中身が入ったまま
の段《だん》ボール箱《ばこ》や、出しっぱなしの荷物《にもつ》があちこちにちらばったまま、すごしていたん
だって。そんなある日、ちょっとふしぎなことが起こったっていうんだ。」
「ふしぎなこと？」
「いったい何？」

ぬいぐるみたちが、胸《むね》に手をやったり、両手《りょうて》を口元に当てたりしながら、話のゆくえを見守《みまも》ります。はちみつは、みんなの顔をゆっくり見まわしたあと、声をひそめるようにして話を続けました。

「ある朝、その人が、会社に出かける準備をしていたとき、いつもつけている腕時計《うでどけい》が、どこをさがしても見つからなかったんだって。

『おかしいなあ。たしか、このあたりに置いたはずなのに。』

その人は、ぶつぶつひとりごとを言いながら、ローテーブルの上やその周辺《しゅうへん》、ソファーのすきまや引き出しの中、とにかく、部屋のあちこちをさがしまわったらしいんだけれど、どうしても見つからなかった。とうとう会社に遅刻《ちこく》しそうな時間になっちゃったから、その日は腕時計をつけずに会社に出かけたんだって。

夜になって、家に帰ってきたその人は、ひと休みするためにソファーにすわった。そうして、ふと目の前にあるローテーブルに目をやったとき、腕時計がそこにあるのを見つけたらしいんだ。

その人は、(見つかってよかった!)と思って、腕時計を手に取った。だけど、そのテーブルの上もたしかにさがしたはずなのに、なんでそのときには見つからなかったんだろう？　ってふしぎに思った。でも、一度は見たと思う場所から、探《さが》し物《もの》が出てくることなんてよくあることだから、それほど気にとめなかったらしいんだ。

ところが、それからまた数日後の夜、今度はボールペンが見あたらなくなってしまったんだって。プレゼントでもらった大事なボールペンだったから、それはもういっしょうけんめいにさがした。でも、どこにも見つからなかった。あちこちに置いてあった荷物をひっくりかえしたせいで、部屋はますますちらかっちゃって、すっかりつかれてしまったその人は、そのままかたづけもせずにねてしまったらしいんだ。

ところが次《つぎ》の日の朝、ベッドから起きて、なにげなくローテーブルのほうに目をやったその人は、心臓《しんぞう》がどきっとした。あれだけさがしても見つからなかったボールペンが、また同じ場所で見つかったんだって……。」

ぬいぐるみたちは、たがいに顔を見合わせました。

部屋の中はしいんと静《しず》まり返《かえ》り、だれも話すひとはいません。

「（テーブルの上は、昨日、何度もさがしたはずなのに……。）

二回も同じことが続いたから、さすがにちょっとおかしいなと思ったけど、
やっぱり自分が見落《みお》としたんだろうと思って、
気にしないことにしたんだって。でも、それから数日後……。」

「また、同じようなことが起きたんだね？」

てんくまが声を低《ひく》くしてたずねると、はちみつが、こくりとうなずきました。

「今度は、何をなくしたの？」

ちびくまも、少しおびえた様子《ようす》でたずねます。

はちみつは、ちびくまの目をじっと見つめて言いました。

「定期入《ていきい》れだよ。」

「電車に乗《の》るための？」

「そう。」

周《まわ》りから、

「あーあ。」「たいへんだ。」

などとささやき合う声が、聞こえてきます。

「ちらかっている物をかきわけながら、いろんな場所をさがしたけれど、やっぱり定期入れは見つからなかった。

(もしかしたら、外で落としたのかもしれない。)

と思ったその人は、とりあえずその日はきっぷを買って電車に乗った。そうして、会社の帰りに駅前にある交番に立ちよって、自分の定期入れが届《とど》いていないかどうか、調べてもらったんだって。でも、交番には届いていなかった。がっかりしながら家に帰ってきて、ふと、いつものローテーブルの上を見たら……。」

「あったんだね、そこに。」

てんくまがたずねると、はちみつが、ゆっくりとうなずきました。

「じつは、続けて二回も奇妙《きみょう》なことがあったから、その人は、ローテーブルの上だけはきれいにかたづけておいたそうなんだ。物を一つも置いていなければ、見落としや見まちがいが起こるはずはないだろうと思ってね。それなのに、朝にさがしたときには、たしかになかったはずの定期入れが、帰ってきたらそこに置いてあったら、すごくおどろくよね。」

周りにいたぬいぐるみたちは、「うん。」「そうだよね。」などと言いながら、相《あい》づちを打ちました。

「三度目ともなると、さすがにその男の人も、これはおかしいと思い始めた。そのとき、ふいに、引っこしてきたばかりのときに見つけた、小さな祠のことを思い出したんだって。祠は、神様がまつられている場所のはずなのに、なんだかさびれた感じだったし、そのマンションが建ったことで、祠の周りが日陰《ひかげ》になってしまっていたから、もしかしたら、神様がおこっているのかもしれない。奇妙なことが何度も起こるのは、その神様のたたりなのかも……と思い始めたら、どんどんこわくなってきちゃったんだって。」

真剣《しんけん》な目つきで話を聞いていたぬいぐるみたちは、思わず息をのみました。

「その人は、こんな気味のわるいマンションはすぐに引き払《ひはら》って、新しい部屋に引っこしたほうがいいんじゃないかと思う反面《はんめん》、またすぐに引っこすにはお金もかかるし、いろいろたいへんだから、すごくなやんでた。それで、

『いったいどうしたらいいと思いますか。』

って、うちのお父さんにたずねたんだ。

そうしたら、ずっと親身《しんみ》になって話を聞いていたうちのお父さんが、こう言ったの。

『それは大変なご心労《しんろう》でしたね。ですが、ものは考えようといいますか、探し物が次の日にはわかりやすい場所で見つかる、というのであれば、むしろいいことではありませんか。』って。

その人は、ちょっとおどろいた顔をして、

『まあ……よく考えてみれば、探し物が出てくるのはありがたいことですけれど、でも、その見つかり方がちょっと……。』

って、口をつぐんだ。お父さんは、深《ふか》くうなずいて、

『たしかに。そのようなことが続くとなると、やはり気が落《お》ち着《つ》きませんね。でも、ご安心ください。いい解決案《かいけつあん》がありますよ。』

と言って、にっこり笑ったんだ。

『ぜひ、それを教えてください。』

その人が身をのりだすと、お父さんがおだやかに言った。

『まず、仕事がお休みの日に、ほかの予定《よてい》を一切《いっさい》入れずに、一日かけて荷ほどきを終わらせてしまいましょう。全ての物を収納《しゅうのう》しきれないときには、これを機会《きかい》に、少し物をへらしてみるといいかもしれません。そうして、物の住所《じゅうしょ》をちゃんと決めてあげるのです。』

『物の住所？』

『はい。一つ一つの物の定位置《ていいち》のことですね。腕時計はこの引き出しの中、鍵《かぎ》はここ、文具《ぶんぐ》はこの引き出し、かばんはこの棚、というふうに、物をしまう場所を決めておいて、使った後はそこにもどすようにするんです。そうすればきっと、部屋もすっきりかたづいて、物をなくすこともなくなると思いますよ。探し物がなくなれば、もう、そのようなことは起きなくなるのではないでしょうか。』ってね。

男の人は、『たしかにそうですね。』とうなずいて、

『今度の休みに、かならずそうします。』

って、ずいぶんと明るい表情になったんだ。それを見たお父さんは、にこやかにほほえんで、こう言い足した。

『それで……、一つ、つかぬことをおうかがいしますが、最近、新しいぬいぐるみか何かをお買いになりませんでしたか？』

って。その人は、きょとんとした目でお父さんを見つめた。

『新しいぬいぐるみ？　ああ、ぼくが買ったわけではないですけれど、コアラのぬいぐるみがありますね。やわらかくて、ふっくらした、やさしい表情の。つい最近、オーストラリア旅行に行った友人から、おみやげでもらったんですよ。男のぼくに、なんでぬいぐるみなんて買ってきたのかなあって思ったんですけど。』

『それは、どこに置いていらっしゃいますか？』

『ええと、どこだったかな。段ボール箱からは出した記憶《きおく》があるのですが、いろんな荷物の中に埋《う》もれてしまって、今はどこにあるのかわからないです。

でも、そのぬいぐるみがどうかしましたか？』

男の人が小首をかしげると、

お父さんは、とても大事なことでも言うように、カウンターから身をのりだした。

『部屋を整理したら、ぜひ、そのコアラさんを、あなたから見える場所にかざってあげてください。』

お父さんはにっこり笑って、ちらりとぼくのほうを見た。その視線《しせん》に気づいた男の人は、お父さんがぬいぐるみ好きなことに気がついて、ちょっとあわてたように言ったんだ。

『ああ、そうですよね。どこに置いてあるのかもわからないなんて、かわいそうなことをしちゃったな。家に帰ったら、すぐにさがし出して、ちゃんと見えるところに置いてあげようと思います。』

それから、ちょっとのあいだ口をつぐんだあと、何かを思い出したように、しみじみと言ったんだ。

『そういえばぼく、小さいころはぬいぐるみが大好きだったんですよね。でも、大きくなるにつれて、男がぬいぐるみを持つなんておかしいとか、はずかしいとか言われるようになって、自然とぬいぐるみを卒業《そつぎょう》していったことを思い出しました。でも……。』

男の人は店内をぐるりと見まわし、あちこちにかざられているテディベアに目をやると、

『大人の男だって、ぬいぐるみを好きでいつづけてもいいですよね……。』

って、つぶやいたんだ。それを聞いたお父さんは、

『ええ、もちろんです。ぬいぐるみとの暮らしは、とても楽しいものですよ。かれらは、私《わたし》たちが思っている以上に健気《けなげ》な存在《そんざい》ですからね。』

って言いながら、ぼくの頭をなでてくれたの。

さあ、これでぼくの話は終わりだよ。」

はちみつが話しおえると、ぬいぐるみたちのあいだから、ため息のこぼれる音が聞こえてきました。

「……いやあ、すごくどきどきする話だったなあ。」

「本当ねえ。どうなることかと思ったわ。気づかれなくて、よかったわね。」

あちらこちらから、そんな声が聞こえてきます。

「でも、持ち主の役《やく》に立ちたいっていう、そのコアラの気持ち、すごくよくわかるな

あ。」

マンボウのボンボンが、丸い口をぱくぱくさせながら言いました。

「だけどさ、もうちょっとさりげなくやらないとな。」

オオカミのニックが苦笑いをします。

「ぼくたちぬいぐるみは、持ち主をおどろかさないために、細心の注意《ちゅうい》をはらう必要《ひつよう》があるからね。」

ホッキョクグマのポラリスが、きりっとした目つきで言いました。

「人間って、ふしぎよね。小さいころは、私たちと話をしていても、ぜんぜんおどろかないのに、おとなになるにつれて、そのときのことをわすれちゃって、私たちがちょっと動いただけで、すごくおどろいたり、夢でも見たような顔をするんだから。」

フクロウのふくちゃんが、まん丸い目を見開いて、くーっと首をかたむけます。

「そのコアラさんはきっと、持ち主の役に立ちたくて、あせりすぎちゃったんだね。」

こぶたのトンくんが同情をよせると、ラッコのココちゃんも、手に持っていた二枚貝をふりあげて、

「荷物の中に埋もれていたぬいぐるみなら、なおさらがんばるわよ。」

と、そのコアラに強く共感《きょうかん》しました。

「でも、これからは、きれいなお部屋でちゃんとかわいがってもらえそうで、本当によかった。」

てんくまとちびくまが、ほっとしたように両手を胸にあてると、はちみつも、うれしそうにうなずきました。

「ぼくもときどき、お父さんがなくしたものを夜中に見つけ出しておくことがあるけど、そういうときは、あくまでもさりげなく、『おや、こんなところにあったのか。』っていうくらいの自然な場所に置いておくんだ。」

「なるほどねえ。」

「このあいだもお父さんが、営業が終わってかたづけをしていたとき、シャツのそでを

まくった拍子《ひょうし》にカフスボタンの一つがはずれて、どこかへころがっていっちゃったらしいんだ。お父さんは、ころがっていった方向《ほうこう》を見ていなかったみたいで、『カフスボタンが見つからないなあ。』って、ぶつぶつ言いながら、ずいぶんあちこちさがしてたけど、とうとう見つけ出せなかったの。それでぼくが、夜中のあいだにお店の中をさがしまわって、見つけ出しておいたんだ。でも、それをカウンターテーブルの上なんかに置いたら、ちょっと目立ちすぎるじゃない？　だから、お父さんが毎朝かならずそうじをするテーブルの脚元《あしもと》に、さりげなく置いておいたの。そうしたら次の日の朝、そうじをしていたお父さんが、『おや、こんなところに落ちてたのか。見つかってよかったなあ。』って、すごくよろこんでた。」

周りで話を聞いていたぬいぐるみたちは、すっかり感心した様子で、

「なるほど。すぐには見つからないけれど、かならず見つかる場所をえらんで置いておくんだね。勉強《べんきょう》になるなあ。」

「それだったら、まさかはちみつくんが見つけ出して置いておいたなんて、ぜったいに気づかれないよ。」

「ぼくも見習《みなら》わなくちゃ。つい役に立ちたくて、がんばりすぎちゃうことがあるからなあ。」

などと口々《くちぐち》に言いながら、尊敬《そんけい》のまなざしではちみつを見つめました。てれくさそうに頭をかくはちみつに、てんくまがたずねました。

「それで、カフスボタンは、どこに落ちてたの？」

はちみつは、ほこらしげに言いました。

「チェストの下だよ。奥《おく》の脚のかげにかくれてたから、お父さんも見つけられなかったみたい。ぼくは、からだが小さいから、下にもぐってひろってこれたんだけれど、そのときに、ちょっとしくじっちゃって。」

「しくじった？」

「うん。床からちょっとだけ、くぎの頭が飛《と》び出《で》ていたんだ。そこへ足をひっかけちゃって、パッドの布《ぬの》がやぶけちゃったの。それで、入院することになったんだ。でも、りりか先生のうでは、やっぱりすごいね！　やぶけたところがぜんぜんわからないくらい、きれいに直してくれたよ。」

そう言って、うれしそうに足のうらを見せました。

「だけど、きみのお父さんは、足のけがを見て、ふしぎがっていなかった？」

てんくまがたずねると、はちみつは、くすっと笑って、

「ぜんぜん。りりか先生には、『アンティークベアは古いものですから、気づかないうちに、ほころびてくることもあるんですねえ。』なんて言ってた。

のんきなんだ、うちのお父さん。」

はちみつはそう言って、窓《まど》のほうを見つめました。

大好きなお父さんの話をしていたら、家が恋《こい》しくなってしまったのです。

（早くおうちに帰りたいな……。）

はちみつは、いつも頭をなでてくれる、お父さんのやさしい手のぬくもりを、そっと思い出しました。

3　それぞれのさがし物《もの》

次の日の朝のこと。

開店前《かいてんまえ》のカフェレストラン・あんでるせんでは、片手《かたて》にかなづちをにぎりしめた榎木田さんが、床にはいつくばるようにして、チェストの下をのぞきこんでいました。

「……あった。これが原因《げんいん》か。やっと見つけたぞ。」

榎木田さんの視線の先には、床から一センチほど頭がつき出ているくぎが見えます。

「しかし、いつのまに……。こまったものだ。」

あんでるせんの店内の床は、天然《てんねん》の無垢材《むくざい》で作られているため、加工《かこう》されたあとも木が呼吸《こきゅう》をしています。日々《ひび》の天候《てんこう》によって、湿気《しっけ》や乾燥《かんそう》がくり返されるなかで、わずかずつのびたり、ちぢんだりしているうちに、だんだんとくぎが持ち上がってきてしまったのでしょう。

榎木田さんは、チェストの下に手をのばして、くぎの頭にそっとふれてみます。

「おっと、これはあぶない。引っこめておかないと、またけがをしてしまう。」

持っていたかなづちを使って、トン、トン、トン……とくぎを打ち、つきだしていた部分を平《たい》らに引っこめました。

「……これでよし。」

満足そうに立ち上がり、左手のこぶしで腰をたたいてのばしていたとき、ドアベルの音がなりひびきました。

榎木田さんは、手に持っていたかなづちをすばやくサロンエプロンの大きなポケットにしまいこみ、何事もなかったかのようにドアのほうをふり返ると、はちみつをかかえたりりかさんが、「おはようございます。」と言いながら、ちょうどお店の中に入ってくるところでした。

「ああ、りりか先生、おはようございます。」

榎木田さんは、いつものおだやかな笑みをうかべて、りりかさんのほうへ近づいていきます。

「はちみつくんの治療が終わりましたので、お連《つ》れしました。」

「おお、ありがとうございます。」

りりかさんは、小さく首をかしげながら、ちらりと店内を見まわしました。

「あの……。今、日曜大工か何かを、やっていらっしゃいませんでした？」

「日曜大工？」

「お店のほうから、かなづちで何かをたたくような音が聞こえてきたので。」

榎木田さんが、そしらぬそぶりで答えました。

「ここは森の中ですからね、元気なキツツキが、朝からはりきって木をたたいていたのでしょう。」

りりかさんは窓の外に目をやり、まぶしそうに目を細めると、

「キツツキ……、ああ、そうですね。」

とほほえんで、はちみつをわたしました。榎木田さんは、両手ではちみつを高々《たかだか》と持ち上げ、

「おかえり、はちみつ。どれどれ、足をみせてごらん。ああ、すっかりきれいに直してもらってよかったなあ。」

と、声をかけながら、はちみつの足のうらを、やさしくなでました。

「本当にお世話になりました。さあ、どうぞこちらへ。コーヒーでも飲んでいってください。」

榎木田さんは、いすをすすめてカウンターの中へ入ると、はちみつをテーブルの右はしに置きました。

「ありがとうございます。」

りりかさんが、カウンターのいつもの席につき、榎木田さんがコーヒーの準備を始めます。しばらくすると、立ちのぼる白いけむりとともに、こうばしい香りがふんわりとただよってきました。

榎木田さんは、ドリッパーの上から、コーヒーケトルでゆっくりとお湯《ゆ》をまわしいれながら、さりげなくりりかさんにたずねます。

「入院中、はちみつはいい子にしていましたか。」

りりかさんは、にっこり笑って答えます。

「ええ、とてもいい子にしていましたよ。新しいお友達も、たくさんできたんじゃないかしら。」

「そうですか、それはよかった。」

榎木田さんは、幸《しあわ》せそうにほほえんで、カウンターごしに、いれたてのコーヒーを置きました。その手で、そばにいたはちみつの頭をぽんぽんとなでると、はちみつの口元が、そっとほころんだように見えました。

かんのゆうこ

東京都生まれ。東京女学館短期大学文科卒業。児童書に、「はりねずみのルーチカ」シリーズ、「りりかさんのぬいぐるみ診療所」シリーズ（絵・北見葉胡）、「ソラタとヒナタ」シリーズ（絵・くまあやこ）、絵本に、『はこちゃん』（絵・江頭路子）、プラネタリウム番組にもなった『星うさぎと月のふね』（絵・田中鮎子）（以上、講談社）などがある。令和6年度の小学校教科書『ひろがることば 小学国語 二上』（教育出版）に、絵本『はるねこ』（絵・松成真理子／講談社）が掲載される。

北見葉胡（きたみ・ようこ）

神奈川県生まれ。武蔵野美術短期大学卒業。児童書に、「はりねずみのルーチカ」シリーズ、「りりかさんのぬいぐるみ診療所」シリーズ（ともに作・かんのゆうこ／講談社）、絵本に、『マーシカちゃん』（アリス館）、『マッチ箱のカーニャ』（白泉社）など。ぬりえ絵本に『花ぬりえ絵本　不思議な国への旅』（講談社）がある。2005年、2015年に、ボローニャ国際絵本原画展入選、2009年『ルウとリンデン　旅とおるすばん』（作・小手鞠るい／講談社）が、ボローニャ国際児童図書賞受賞。

わくわくライブラリー

りりかさんのぬいぐるみ診療所《しんりょうじょ》

思《おも》い出《で》の花《はな》ちゃん

2024年4月9日　第1刷発行

作　者　かんのゆうこ

絵　　　北見葉胡《きたみようこ》

装　丁　丸尾靖子

発行者　森田浩章

発行所　株式会社 講談社

〒112-8001　東京都文京区音羽2-12-21

編集 03(5395)3535 販売 03(5395)3625 業務 03(5395)3615

KODANSHA

印刷所　株式会社 精興社

製本所　島田製本株式会社

データ製作　講談社デジタル製作

N.D.C.913　124p 22cm

© Yuko Kanno/Yoko Kitami　2024 Printed in Japan

定価はカバーに表示してあります。落丁本・乱丁本は、購入書店名を明記のうえ、小社業務あてにお送りください。送料小社負担にておとりかえいたします。なお、この本についてのお問い合わせは、児童図書編集あてにお願いいたします。本書のコピー、スキャン、デジタル化等の無断複製は著作権法上での例外を除き禁じられています。本書を代行業者などの第三者に依頼してスキャンやデジタル化することはたとえ個人や家庭内の利用でも著作権法違反です。

ISBN978-4-06-533348-8

自分の本当の気持ちを知りたい人、大切な人に気持ちを届けたい人にぜひ読んでもらいたい「ぬいぐるみ童話」。

りりかさんのぬいぐるみ診療所
—わたしのねこちゃん—

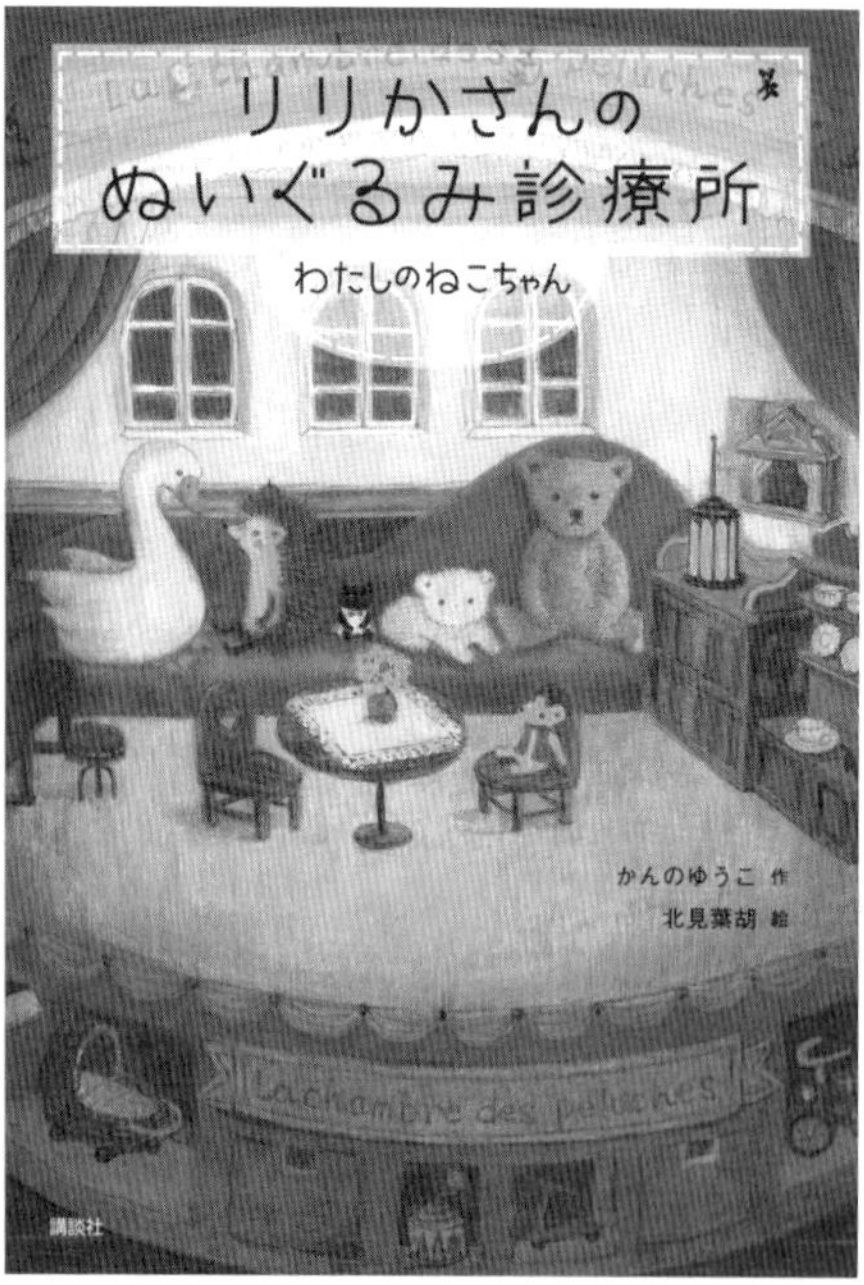

わたしのねこちゃん
かなしみのエドワード
モーツァルトの願《ねが》い
定価：本体 1400 円（税別）

りりかさんのぬいぐるみ診療所
—パンダのなみだ—

とべないペガサス
小さなくま
ナマケモノのメッセージ
パンダのなみだ
定価：本体 1450 円（税別）

りりかさんのぬいぐるみ診療所　好評発売中！

ぼくたちぬいぐるみは、
こどもたちの家族や
友達になれるという、
本当に幸せな役目を
担うために
生まれてくるんだ。

『りりかさんのぬいぐるみ診療所
わたしのねこちゃん』より引用

りりかさんのぬいぐるみ診療所
―空色のルリエル―

空色のルリエル
おしゃべりリッキー
思い出のかめごろう
真夜中の小さな訪問者《ほうもんしゃ》
定価：本体1400円（税別）

かんのゆうこと北見葉胡の本  はりねずみのルーチカシリーズ

ふしぎなフェリエの国の
ふしぎないきものたちがくりひろげる、しあわせな友情の物語。

はりねずみのルーチカ

はりねずみのルーチカ
—カギのおとしもの—

はりねずみのルーチカ
—ふしぎなトラム—

はりねずみのルーチカ
—星のうまれた夜—

はりねずみのルーチカ
—絵本のなかの冒険—上下

はりねずみのルーチカ
—ハロウィンの灯《あか》り—

はりねずみのルーチカ
—フェリエの国の新しい年—

はりねずみのルーチカ
—人魚の島—

はりねずみのルーチカ
—トゥーリのひみつ—

はりねずみのルーチカ
—にじいろのたまご—

はりねずみのルーチカ
—ちいさな夜の音楽会—

はりねずみのルーチカ
—精霊たちのすむところ—

ほぼすべての見開きに北見葉胡氏の美しい挿絵が入り、
お話の世界をさらに広げてくれます。

定価：本体 1300 円～1400 円（税別）

いこいの部屋